革命要詩與學問

柏樺 著

柏樺詩選

《中國當代詩典》第二輯　總序

朝向漢語的邊陲

楊小濱

　　中國當代詩的發展可以看作是朝向漢語每一處邊界的勇
猛推進，而它的起源也可以追溯出頗為複雜的線索。1960年代
中後期張鶴慈（北京，1943-）和陳建華（上海，1948-）等人
的詩作已經在相當程度上改變了主流詩歌的修辭樣式。如果說
張鶴慈還帶有浪漫主義的餘韻，陳建華的詩受到波德萊爾的啟
發，可以說是當代詩中最早出現的現代主義作品，但這些作品
的閱讀範圍當時只在極小的朋友圈子內，直到1990年代才廣為
流傳。1970年代初的北京，出現了更具衝擊力的當代詩寫作：
根子（1951-）以極端的現代主義姿態面對一個幻滅而絕望的世
界，而多多（1951-）詩中對時代的觀察和體驗也遠遠超越了同
時代詩人的視野，成為中國當代詩史上的靈魂人物。

　　對我來說，當代詩的概念，大致可以理解為對以北島
（1949-）和舒婷（1952-）等人為代表的朦朧詩的銜接，其轉
化與蛻變的意味值得關注。朦朧詩的出現，從某種意義上可以
看作官方以招安的形式收編民間詩人的一次努力。根子、多多
和芒克（1951-）的寫作自始未被認可為朦朧詩的經典，既然
連出現在《詩刊》的可能都沒有，也就甚至未曾享受遭到批判
的待遇，直到1980年代中後期才漸漸浮出地表。我們應該可以
說，多多等人的文化詩學意義，是屬於後朦朧時代的。才華出

眾的朦朧詩人顧城在1989年六四事件後寫出了偏離朦朧詩美學的《鬼進城》等傑作，不久卻以殺妻自盡的方式寫下了慘痛的人生詩篇。除了揮霍詩才的芒克之外，嚴力（1954-）自始至終就顯示出與朦朧詩主潮相異的機智旨趣和宇宙視野；而同為朦朧詩人的楊煉（1955-），在1980年代中期即創作了《諾日朗》這樣的經典作品，以各種組詩、長詩重新跨入傳統文化，由於從朦朧詩中率先奮勇突圍，日漸成為朦朧詩群體中成就最為卓著的詩人。同樣成功突圍的是游移在朦朧詩邊緣的王小妮（1955-），她從1980年代後期開始以尖銳直白的詩句來書寫個人對世界的奇妙感知，成為當代女性詩人中最突出的代表。如果說在1970年代末到1980年代初，朦朧詩仍然帶有強烈的烏托邦理念與相當程度的宏大抒情風格，從1980年代中後期開始，朦朧詩人們的寫作發生了巨大的轉化。

這個轉化當然也體現在後朦朧詩人身上。翟永明（1955-）被公認為後朦朧時代湧現的最優秀的女詩人，早期作品受到自白派影響，挖掘女性意識中的黑暗真實，爾後也融入了古典傳統等多方面的因素，形成了開闊、成熟的寫作風格。在1980年代中，翟永明與鐘鳴（1953-）、柏樺（1956-）、歐陽江河（1956-）、張棗（1962-2010）被稱為「四川五君」，個個都是後朦朧時代的寫作高手。柏樺早期的詩既帶有近乎神經質的青春敏感，又不乏古典的鮮明意象，極大地開闊了漢語詩的表現力。在拓展古典詩學趣味上，張棗最初是柏樺的同行者，爾後日漸走向更極端的探索，為漢語實踐了非凡的可能性。在「四川五君」中，鐘鳴深具哲人的氣度，用史詩和寓言有力地

書寫了當代歷史與現實。歐陽江河的寫作從一開始就將感性與理性出色地結合在一起，將現實歷史的關懷與悖論式的超驗視野結合在一起，抵達了恢宏與思辨的驚險高度。

後朦朧詩時代起源於1980年代中期，一群自我命名為「第三代」的詩人在四川崛起，標誌著中國當代詩進入了一個新階段，1980年代最有影響的詩歌流派，產自四川的佔了絕大多數。除了「四川五君」以外，四川還為1980年代中國詩壇貢獻了「非非」、「莽漢」、「整體主義」等詩歌群體（流派和詩刊）。如周倫佑（1952-）、楊黎（1962-）、何小竹（1963-）、吉木狼格（1963-）等在非非主義的「反文化」旗幟下各自發展了極具個性的詩風，將詩歌寫作推向更為廣闊的文化批判領域。其中楊黎日後又倡導觀念大於文字的「廢話詩」，成為當代中國先鋒詩壇的異數。而周倫佑從1980年代的解構式寫作到1990年代後的批判性紅色寫作，始終是先鋒詩歌的領頭羊，也幾乎是中國詩壇裡後現代主義的唯一倡導者。莽漢的萬夏（1962-）、胡冬（1962-）、李亞偉（1963-）、馬松（1963-）等無一不是天賦卓絕的詩歌天才，從寫作語言的意義上給當代中國詩壇提供了至為燦爛的景觀。其中萬夏與馬松醉心於詩意的生活，作品惜墨如金但以一當百；李亞偉則曾被譽為當代李白，文字瀟灑如行雲流水，在古往今來的遐想中妙筆生花，充滿了後現代的喜劇精神；胡冬1980年代末旅居國外後詩風更為逼仄險峻，為漢語詩的表達開拓出難以企及的遙遠疆域。以石光華（1958-）為首的整體主義還貢獻了才華橫溢的宋煒（1964-）及其胞兄宋渠（1963-），將古風與現代主義風尚

奇妙地糅合在一起。

　　毫不誇張地說，川籍（包括重慶）詩人在1980年代以來
的中國詩壇佔據了半壁江山。在流派之外，優秀而獨立的詩
人也從來沒有停止過開拓性的寫作。1980年代中後期，廖亦武
（1958-）那些囈語加咆哮的長詩是美國垮掉派在中國的政治
化變種，意在書寫國族歷史的寓言。蕭開愚（1960-）從1980
年代中期起就開始創立自己沉鬱而又突兀的特異風格，以罕見
的奇詭與艱澀來切入社會現實，始終走在中國當代詩的最前
列。顯然，蕭開愚入選為2007年《南都週刊》評選的「新詩90
年十大詩人」中唯一健在的後朦朧詩人，並不是偶然的。孫文
波（1956-）則是1980年代開始寫作而在1990年代成果斐然的詩
人，也是1990年代中期開始普遍的敘事化潮流中最為突出的詩
人之一，將社會關懷融入到一種高度個人化的觀察與書寫中。
還有1990年代的唐丹鴻（1965-），代表了女性詩人內心奇異的
機器、武器及疼痛的肉體；而啞石（1966-）是1990年代末以來
崛起的四川詩人，以重新組合的傳統修辭給當代漢語詩帶來了
跌宕起伏的特有聲音。

　　1980年代的上海，出現了集結在詩刊《海上》、《大
陸》下發表作品的「海上詩群」，包括以孟浪（1961-）、
郁郁（1961-）、劉漫流（1962-）、默默（1964-）、京不特
（1965-）等為主要骨幹的以倡導美學顛覆性及介入性寫作風
格的群體，和以陳東東（1961-）、王寅（1962-）、陸憶敏
（1962-）等為代表的較具學院派知性及純詩風格的群體，從
不同的方向為當代漢語詩提供了精萃的文本。幾乎同時創立的

「撒嬌派」，主要成員有京不特、默默、孟浪等，致力於透過反諷和遊戲來消解主流話語的語言實驗，也頗具影響。無論從政治還是美學的意義上來看，孟浪的詩始終衝鋒在詩歌先鋒的最前沿，他發明了一種荒誕主義的戰鬥語調，有力地揭示了歷史喜劇的激情與狂想，在政治美學的方向上具有典範性意義。而陳東東的詩在1980年代深受超現實主義影響，到了1990年代之後則更開闊地納入了對歷史與社會的寓言式觀察，將耽美的幻想與險峻的現實嵌合在一起，鋪陳出一種新的夢境詩學。1980年代的上海還貢獻了以宋琳（1959-）等人為代表的城市詩，而宋琳在1990年代出國後更深入了內心的奇妙圖景，也始終保持著超拔的精神向度。1990年代後上海崛起的詩人中最引人注目的是復旦大學畢業後定居上海的韓博（黑龍江，1971-），他近年來的詩歌寫作奇妙地嫁接了古漢語的突兀與（後）現代漢語的自由，對漢語的表現力作了令人震驚的開拓。還有行事低調但詩藝精到的女詩人丁麗英（1966-），在枯澀與奇崛之間書寫了幻覺般的日常生活。

與上海鄰近的江南（特別是蘇杭）地區也出產了諸多才子型的詩人，如1980年代就開始活躍的蘇州詩人車前子（1963-）和1990年代之後形成獨特聲音的杭州詩人潘維（1964-）。車前子從早期的清麗風格轉化為最無畏和超前的語言實驗，而潘維則以現代主義的語言方式奇妙地改換了江南式婉約，其獨特的風格在以豪放為主要特質的中國當代詩壇幾乎是獨放異彩。而以明朗清新見長的蔡天新（1963-）雖身居杭州但足跡遍布五洲四海，詩意也帶有明顯的地中海風格。影響甚廣的于堅

（1954-）、韓東（1961-）和呂德安（1960-）曾都屬於1980年代以南京為中心的他們文學社，以各自的方式有力地推動了口語化與（反）抒情性的發展。

　　朦朧詩的最初源頭，中國最早的文學民刊《今天》雜誌，1970年代末在北京創刊，1980年代初被禁。「今天派」的主將們，幾乎都是土生土長的北京詩人。而1980年代中期以降，出自北京大學的詩人佔據了北京詩壇的主要地位。其中，1989年臥軌自盡的海子（1964-1989）可能是最為人所知的，海子的短詩尖銳、過敏，與其宏大抒情的長詩形成了鮮明對比。海子的北大同學和密友西川（1963-）則在1990年後日漸擺脫了早期的優美歌唱，躍入一種大規模反抒情的演說風格，帶來了某種大氣象。臧棣（1964-）從1990年代開始一直到新世紀不僅是北大詩歌的靈魂人物，也是中國當代詩極具創造力的頂尖詩人，推動了中國當代詩在第三代詩之後產生質的飛躍。臧棣的詩為漢語貢獻了至為精妙的陳述語式，以貌似知性的聲音扎進了感性的肺腑。出自北大的重要詩人還包括清平（1964-）、西渡（1967-）、周瓚（1968-）、姜濤（1970-）、席亞兵（1971-）、冷霜（1973-）、胡續冬（1974-）、陳均（1974-）、王敖（1976-）等。其中姜濤的詩示範了表面的「學院派」風格能夠抵達的反諷的精微，而胡續冬的詩則富於更顯見的誇張、調笑或情色意味，二人都將1990年代以來的敘事因素推向了另一個高度。胡續冬來自重慶（自然染上了川籍的特色），時有將喜劇化的方言土語（以及時興的網路語言或亞文化語言）混入詩歌語彙。也是來自重慶的詩人蔣浩

（1971-）在詩中召喚出語言的化境，將現實經驗與超現實圖景溶於一爐，標誌著當代詩所攀援的新的巔峰。同樣現居北京，來自內蒙古的秦曉宇（1974-），也是本世紀以來湧現的優秀詩人，詩作具有一種鑽石般精妙與凝練的罕見品質。原籍天津的馬驊（1972-2004）和原籍四川的馬雁（1979-2010），兩位幾乎在同齡時英年早逝的天才，恰好曾是北大在線新青年論壇的同事和好友。馬驊的晚期詩作抵達了世俗生活的純淨悠遠，在可知與不可知之間獲得了逍遙；而馬雁始終捕捉著個體對於世界的敏銳感知，並把這種感知轉化為表面上疏淡的述說。

當今活躍的「60後」和「70後」詩人還包括現居北京的莫非（1960-）、殷龍龍（1962-）、樹才（1965-）、藍藍（1967-）、侯馬（1967-）、周瑟瑟（1968-）、朱朱（1969）、安琪（1969-）、王艾（1971-）、成嬰（1971-）、呂約（1972-）、朵漁（1973-），河南的森子（1962-）、魔頭貝貝（1973-），黑龍江的潘洗塵（1964-）、桑克（1967-），山東的宇向（1970-）孫磊（1971-）夫婦和軒轅軾軻（1971-），安徽的余怒（1966-）和陳先發（1967-），江蘇的黃梵（1963-）、楊鍵（1967），浙江的池凌雲（1966-）、泉子（1973-），廣東的黃禮孩（1971-），海南的李少君（1967-），現居美國的明迪（1963-）等。森子的詩以極為寬闊的想像跨度來觀察和創造與眾不同的現實圖景，而桑克則將世界的每一個瞬間化為自我的冷峻冥想。同為抒情詩人，女詩人藍藍通過愛與疼痛之間的撕扯來體驗精神超越，王艾則一次又一次排練了戲劇的幻景，並奔波於表演與旁觀之間，而樹才

的詩從法國詩歌傳統中找到一種抒情化的抽象意味。較為獨特的是軒轅軾軻，常常通過排比的氣勢與錯位的慣性展開一種喜劇化、狂歡化的解構式語言。而這個名單似乎還可以無限延長下去。

　　1989年的歷史事件曾給中國詩壇帶來相當程度的衝擊。在此後的一段時期內，一大批詩人（主要是四川詩人，也有上海等地的詩人）由於政治原因而入獄或遭到各種方式的囚禁，還有一大批詩人流亡或旅居國外。1990年代的詩歌不再以青春的反叛激情為表徵，抒情性中大量融入了敘述感，邁入了更加成熟的「中年寫作」。從1980年代湧現的蕭開愚、歐陽江河、陳東東、孫文波、西川等到1990年代崛起的臧棣、森子、桑克等可以視為這一時期的代表。1990年代以來，儘管也有某些「流派」問世，但「第三代詩」時期熱衷於拉幫結夥的激情已經消退。更多的詩人致力於個體的獨立寫作，儘管無法命名或標籤，卻成就斐然。1990年代末的「知識分子寫作」與「民間寫作」的論戰雖然聲勢浩大，卻因為糾纏於眾多虛假命題而未能激發出應有的文化衝擊力。2000年以來，儘管詩人們有不同的寫作趨向，但森嚴的陣營壁壘漸漸消失。即使是「知識分子寫作」的代表詩人，其實也在很大程度上以「民間寫作」所崇尚的日常口語作為詩意言說的起點。從今天來看，1960年代出生的「60後」詩人人數最為眾多，儼然佔據了當今中國詩壇的中堅地位，而1970年代出生的「70後」詩人，如上文提到的韓博、蔣浩等，在對於漢語可能性的拓展上，也為當代詩作出了不凡的探索和貢獻。近年來，越來越多的「80後詩人」在前人

開闢的道路盡頭或途徑之外另闢蹊徑，也日漸成長為當代詩壇的重要力量。

中國當代詩人的寫作將漢語不斷推向極端和極致，以各異的嗓音發出了有關現實世界與經驗主體的精彩言說，讓我們聽到了千姿萬態、錯落有致的精神獨唱。作為叢書，《中國當代詩典》力圖呈現最精萃的中國當代詩人及其作品。第二輯在第一輯的基礎上收入了15位當代具有相當影響及在詩藝上有所開拓的詩人。由於1960年代出生的詩人在中國當代詩壇佔據的絕對多數，第二輯把較多的篇幅留給了這個世代。在選擇標準上，有多方面的具體考慮：首先是盡量收入尚未在台灣出過詩集的詩人。當然，在這15位詩人中，也有少數出過詩集，但仍有令人興奮的新作可以期待產生相當影響的。即便如此，第二輯仍割捨了多位本來應當入選的傑出詩人，留待日後推出。願《中國當代詩典》中傳來的特異聲音為台灣當代詩壇帶來新的快感或痛感。

目次

【總序】朝向漢語的邊陲／楊小濱　003

上部｜在南京

對酒　022

思由豬起　023

在南京　025

三三　026

過杭州　027

在雷峰　029

草料場　031

當春　032

南京，雞鳴寺（給胡適）　033

重慶之憶　035

清晨之思　036

問堂客　037

香氣　038

立碑何為　039

黎明之前　040

災難考　041

旅歐見聞錄　042

輕陰中的Marcel　044

是風吹起了　045

風的意思──致一位老翻譯家　046

也是絕句　047

車爾尼雪夫斯基　048

治陽痿　049

卞之琳逸事（一） 050

卞之琳逸事（二） 051

在夜半，想到張棗 052

再說膽 053

小城故事 054

一念──贈周東升 055

風與瘋 056

我愛上了這氣味 057

天空與擴音器 059

片刻世界史 060

回憶鮮宅 062

問餘姚 063

剪刀重慶 064

最後 065

譚延闓小像 066

羞愧 067

生活的幻覺 068

姓名 070

冬天說 071

鄉村，1977 072

追憶逝水年華 073

動物之食 074

魚在風中 075

生育經 077

開門 078

有說 080

萬物皆在、皆灰 082

度光陰的人（和萬夏《度光陰的人》） 083

江南江北　085

袖手高山流水　086

願望　087

葉芝與張棗　088

見牛，有所思　090

南充一閃（為天下所有南充人而作）　091

等待　093

與楊吉甫對話　095

樹蔭下　096

自己的生命　098

1990，南京深冬　099

蘋果禪　100

摸　102

雙城記　104

張棗從威茨堡來信　106

1982，重慶的一個下午　108

兩幅肖像　109

金陵花開三幅　110

食建康（Eating in Nanjing）　111

四海江南　112

人生之冬　113

吃鵝　114

心理問題　115

秋天，龍王鄉──贈李龍炳　116

To be or not to be　117

光陰無用　118

民國乎，南德乎，張棗乎　119

重慶的湯　121

致張愛玲　122

季節錯亂時　123

上海，1943　124

假兒歌　125

為青春吃、為鬧熱吃　126

魂兮歸來　127

一行詩　130

今日何日兮　131

傳奇　132

在人間　133

襲來　134

鐵笑：同赫塔・米勒遊羅馬尼亞　135

下部｜魚飛武庫時（2013）

誰害怕胡蘭成説了什麼　154

山洞，1970　157

春盡夏至　158

胡蘭成再説　159

向南方呼吸……　160

想念一位詩人　161

在北碚涼亭——給張棗　162

花生逸事　163

一封來自1983年的情書（為一對曾經的戀人而作）　168

是誰　170

張棗：從長沙到西德　171

在東洋　173

我們的一九八四　174

如是我聞──抄楊鍵《夜深沉》　175

如是我聞（二）　176

問人　178

仿古小幅四季屏　179

阿彌陀佛事　181

難忍　182

老人與少女──為另一個歌德而作　183

點燈　184

1973，公正大隊的茨維塔耶娃　185

山鄉初夏　186

「牆上下等的無線電開了」──抄廢名　188

初夏　189

晨讀《洪範》　190

油膩膩的　191

登雙照樓──懷汪精衛　192

此刻（抄馬鳴謙譯奧頓《戰爭時期：十四行組詩附詩體
　解說詞》八句）　194

胡蘭成之四方風動　195

胡蘭成在日本　197

譯事（1841）　198

有事無事　199

某人的今生與來世（為胡蘭成而作）　200

蔥油麵後作──因胡蘭成而寫兼贈茱萸　201

燕子來時，春人常聚　202

秋千　204

論燕子　205

春之外　206

讀《醋栗》　207

薩特在威尼斯　208

褒曼　209

夏日讀杜拉斯　211

童年　212

南亞、東亞　213

南京，1988-1992　216

小職員的一生　217

我幸福──跟馬雅可夫斯基學寫詩　218

南京抽象地圖　220

無處不中國　222

秋事，1956　223

魚飛武庫時　225

之外──兼贈黃慰願　229

魚緣　230

如畫蘭成　231

斯德哥爾摩遺事　233

吹簫　235

廁水如藍　236

糞論　237

「宇宙這堆宏偉的大便」　239

胡蘭成的殺氣　240

周越然小相　242

數　243

興之風　245

蕩子心聲　246

革命要詩與學問　247

天涯道路　249

致山西 250

在英國 251

消磨 252

庫切的童年 253

辜負 254

姐妹與氣味 255

越南歲月 256

南非往事──因讀《雅各・庫切之講述》而作 258

醒來 259

桉樹的氣味 260

博愛 261

遊澳門──贈姚風 263

風從德國來 264

在日本，舞姿幽玄 266

1968 267

兩個重慶人在美國 268

衛生 269

冬鳥窺燈 270

莫斯科，上海（1934） 271

蘭成與秀美 273

小姐 275

相對論 276

繡戶（因讀埃爾弗里德・耶利內克小説而作） 277

長長的 278

月之花 279

釣雲朵的人 281

沈啟無在1958 282

雀兒庵 283

Ada和Van：一種俄羅斯之愛　285

唇　287

話說印度（電影《印度之行》觀後作）　289

聽話　290

日記（重讀張棗《四月詩選》）　291

易經　292

樹下　294

跋　295

上部

在南京

對酒

操琴者在夢遊中摸水，醒來；
而魚嘴已老了，在哭。

破曉的古銅聽見
一個身體，又一個身體。

磨光的金屬天空有何不妥？
轉眼，消息正好：

濃蔭下，光陰裡
那滷味不錯，恰外遇酒肥人肥詩肥。

2012.8.12　星期日清晨

思由豬起

梅花一樹豬蹄熟。

——破山海明

豬腳爪（漢人的最愛）也叫豬蹄。
羊蹄馬蹄牛蹄呢，但我們從不說
貓蹄、狗蹄。是的「魚和馬鈴薯
不行啊！」腰肝腸舌耳心甚至腦，
行。牛肺雞冠鳥頭，也行。快看，
我們在火鍋裡吞滾燙的豬腦花呢。

豬油失傳。煉豬油者已無人問津。
（我突然翻到箴言第二十四章：
好人可摔跤七次，惡人一次為禍）
「蛇吃女人奶，螞蟻擠蚜蟲的奶」
我們嚼牛頭馬面多年，但不喝奶。

東方棕櫚樹如故，食如故。獨缺
豬油。而石榴。電力。女性男人。
你問起三色菫，就是問思想——

那梨當然白了當它的黃皮被剝掉。

那漢人的「美麗生活」重睹須驚。

2012年8月12日星期日夜半

翌日清晨又有大的添加和修改

在南京

比起我們走過的地方，我們的生命顯得那麼短暫，
彷彿我們不曾來過。
　　　　——赫塔・米勒《物件，皮膚盡頭的地方》

冬天，他的皮膚發燙，得有個去處
去哪裡呀，1988，惟餘孤紙或孤枝。

一封信寄自西德的特里爾——
讓我們來聽那乒乓，一聲、兩聲。

此地水包皮很近，某人已注意了：

這孤子，這山楂，這酒，這燙
這中山門外，這衛崗，這南京農業大學。

1988，我沒有辣油，也沒有陌生的拖鞋
我只是在南京，在南京，在南京……

2012.8.13

三

水發烏、光發暈、臉發白

人壽七十,樹壽七千,星壽七億

三

一盞燈、二盞燈、三盞燈

燈下書寫的人,燈下話別的人,燈下彈琴的人

集中的、隨和的、輾轉的

沒有一勞永逸的,除非一走了之,一死了之

2012.8.14

過杭州

十月孟冬乃有小春天氣，
我們在杭城穿越繁華：

貓兒橋畔魏大刀肉熟
錢塘門外宋五嫂魚羹
南瓦子前吃張家元子
涌金門邊河南菜灌肺

金子巷口遇傅官人刷牙
沙皮巷又逢孔八郎頭巾
三橋街上走馬姚家海鮮
李博士橋下觀鄧家金銀

太平坊裡坐郭四郎茶室。
南山路豐樂樓，吳夢窗
書鶯啼序於壁，繞晴空
燕來晚，飛入西城開沽：

流香、鳳泉、思堂春酒；
橙醋洗手蟹，紫蘇蝦兒。

煙柳畫橋，風簾翠幕……
人生對此，可以酣高樓。

2012.8.17

在雷峰

時間是元朝末年的某一天：

火燒了雷峰塔，但塔心存活，
雷峰夕照隨之誕生。在宋代，
梅妻鶴子林和靖早透出消息
「夕照前林見，秋濤隔岸聞」
而明代馮夢龍開卷就直說：
「西湖水乾，江湖不起，
雷峰塔倒，白蛇出世。」
快將那白娘子永鎮雷峰塔下。
雷峰——老衲乎？醉翁乎？
人事有代謝，慣看秋月春風。

時間到了1924年9月25日：

「一個星期六下午在白堤上，
忽聽得一聲響亮，靜慈寺那邊
黃埃沖天，我親眼看見雷峰塔
坍倒。」（胡蘭成）「再不見雷峰，
雷峰坍成了一座大荒塚，頂上
有不少交抱的青蔥；」（徐志摩）
是的，「破破爛爛的雷峰夕照

的真景我也見過，並不見佳。」
（魯迅）讀《雷峰塔》，「難怪
世界都變了⋯⋯他的眼睛真大，
不像中國人。」你怕嗎？張愛玲。

時間重登場，1958年8月17日：

浪淘沙裡，北戴河畔，「多少事，
從來急，天地轉，光陰迫」以鋼
為綱，全面躍進！「一萬年太久，
只爭朝夕。」雷峰：煉鋼小火爐
的紅浪才隨心翻飛；除四害愛國
衛生運動又堅壁清野。從此，我們
「日日看西湖，一生看不足。」
從此，我們「冷眼向洋看世界」：
在南方，在杭城，在雷峰，那醉翁
潦倒立，一口吸西江。（張宗子）

2012.8.22

草料場

烏嘴處，黑夜草草，蚊旋如雷暴
三毛五毛，蒼蠅紅頭，鐵托一個？
還是鼓牛鼓出了惡聲？是急事咄咄：

穿上健身衣，壯若肉屏風，風吹過
生生如老夫七旬，死死如八歲孩童。
有火。誰說的？白象滅，佛法滅。
蝎尾，祭用果根。馬頭，祭用大麥。

2012.8.24

當
春

當春乃發生。
　　　　——杜甫〈春夜喜雨〉

春之南海有水族發音嗖嗖。
春之北岸有惡豺向人作聲。

當春，白鵝警鬼。
當春，熊膽頂頭。
當春，孔雀辟邪，
當春，烏賊魚雕刻藝術。

等等，鷸子左撩風，右掠草
等等，食鹽鼠躍起好玩輕姿

當春，東京少年從不惜酒錢
當春，幽隱之德並非在後庭

2012.8.27

南京，雞鳴寺（給胡適）

雞鳴枕上，夜氣方回⋯⋯

——〔明〕張岱

⋯⋯雞鳴寺的軒窗並開，對著玄武湖，擺起許多八仙桌供遊人吃茶吃素麵。

——胡蘭成《今生今世》，
中國長安出版社，2013，第106頁

南京，1988年的雞鳴寺，盡都是年輕的天涯。
因為簡單嗎？風乍起，石燕拂雲，江豚吹浪；
我們才吃完了三碗五碗素麵，一瓶二瓶山楂。

中央研究院？古生物研究所？到底誰在雞鳴？
四十年前那個上午光景（9月23日）到底誰
在這裡說：再寄希望於今後二十年、二百年。

2012.8.29

注釋：1948年9月23日上午10時，「國立中央研究院成立二十周年紀念會暨第一次院士會議」在南京雞鳴寺中研院（按：今為古生物研究所）禮堂舉行。在會上，胡適發言道：「⋯⋯中央研究院不是學術界的養老院，所以一方面要鼓勵後一輩。

我們可以夠得上作模範，繼續工作，才不致使院
士制度失敗。第二，多收徒弟。今天我們院士
中，年紀最輕的有兩位算學家，也是四十歲的人
了。我想我們這一點經驗方法已經成熟，可以鼓
勵後一代。再寄希望以後二十年，二百年，本院
這種精神發揚光大起來。願互相勉勵。」胡適所
說的年輕算學家一位是三十七歲的陳省身，一位
是三十九歲的華羅庚。（參見岱峻：《民國衣
冠：風雨中研院》，北京聯合出版公司，2012，
第3-4頁）

重慶之憶

有時，我們用脊椎來記憶，而非腦筋
用膝蓋、肩膀，甚至指甲來記憶

用足、用眉、用耳、用齒、用唇……

1972，重慶上清寺聚興村的一個中午
楊君和他父親的眼睛同時天真地鼓起

春陽臨窗，宛如民國無事的一天……

劉項原來不讀書嗎？多年後，坑灰已冷
又一個點燈的陰天中午，2012在成都：

突然，我用鼻子記起了這一幕……

2012.8.30

清晨之思

那閑人染上了柳樹的氣味
那鞋匠當面說話顯得高雅
……

魚仁而不樂，狗吠而不倦
燕子腹中有火，鐵蟻口渴
……

看：他一頭５點走了過來
該去丹麥研究農業合作社？

聖西門的書呢，讀或不讀？

2012.8.31

問堂客

聽詩享受的可是語調
沽酒珍惜的卻是春錢

賤荊、拙荊、山荊呢
媳婦、老婆、愛人呢

那學生舌大不苟言笑
開口問你家堂客如何？

2012.9.1

香氣

一

廚房的香氣來自哪裡
來自長窗前那株洋槐

張棗式的電線香氣呢
來自古風盎然的杜鵑

你老年的香氣來自你
青年時代的精神生活

二

重慶：回鍋肉的氣味
廣州：牛柏葉的氣味

南京：鯽魚湯的氣味
成都：豬蹄花的氣味

而其它城市的氣味呢
讓關心漿糊的他去寫。

2012.9.3

立碑何為

立碑何為，不如有口皆碑，風吹過森林邊緣……

蒼蠅飛來，證實了陽光刺目而房間陰涼如冬；
書頁翻動著她的飲食起居，她的人生興衰：
（一過中年，她就把晚餐當做最好的消遣）

是白日將盡，她不願算命人判定她的壽限嗎？
哪怕判她活到100歲，吃得太飽，只有睡覺；
不！是要從他身上獲取一種青春生活的召喚。

立碑何為，不如有口皆碑，風吹過森林邊緣……

2012.9.4

黎明之前

你緊張什麼呢？南京中山門外
鄉間月光，樹木，往昔的幽靈

草坪無人，山楂酒畔無人，風
醒著、坐著、過著，一種生活

那體育教師的宿舍，某本手冊
他看不進去，從手上掉了下來

自行車唯一！在門前等待騎手
誰騎上它，誰就將飛向加拿大

2012.9.11

災難考

災難。生活在蘇小小時代？

雕琢。那古詩人看重精神：
時髦不廢，但瞧不起美女

他每天精讀鹽鐵論三小時
派人叫來混不吝社會主義

而災難生活在蘇小小時代！

2012.9.11

旅歐見聞錄

（為在歐洲的朝鮮女人而作）

是誰在芬蘭的天空下浪遊
並沉默地憶起了朝鮮的夏天
……？

1992，你每天都在露臺上期待
平壤，那變化莫測的東方朝霞；
那熱情的腳印將帶來危險。

後來，在俄羅斯的鄉村
在睡去的立陶宛
在霧沉沉的德國
……

我總是必然地，要遇見你
（甚至在Karlstad森林
也有你的泡菜、冷麵和彎腰）
但誰又會注意到：

你越是向西，你就越是鼻膩鵝脂
而我越是痛苦，我的詩就越精緻

2012.9.12

輕陰中的Marcel

「輕陰閣小雨，深院畫慵開。」聽聽：
綠色的李子，藍色的李子，金色的李子

還有嗎？晚餐使她的面色更加紅潤……
秀色可餐（張棗偏愛）？快變——
Marcel，書房絕對乾淨（傢俱絕對神經）
而你能去哪裡？「我在少女們中間。」

看！她右胸生了一個火瘡，今晨消腫
——膿被擠出（似細細的白蛆或牙膏）

那退燒的美人感到高興。一場秋雨……
自然活著，而李子死去。Marcel！
你說什麼：「我死後，這些圓形的
隆起的懸崖，這大海，這月光，這天空還會在……」

2012.9.16

是風吹起了

是風吹起了，吹起了，吹起了⋯⋯什麼⋯⋯

是風吹起了他的襯衫，吹起了他的朝氣。
是風吹起了她的初中，吹起了水庫夏日。
是風吹起了這騎手，吹起了他愛與死之歌。

是的，是風吹起了，吹起了，吹起了⋯⋯

2012.9.23

風的意思

──致一位老翻譯家

懸崖上的樹在向風試探，它將理解風的意思：

白嗎（風與雲），回憶的白……「一滴淚」
（He gave to misery all he had, a tear,）
（老的）在紐約，使他恢復了青春──

聽，1981，他在北京翻譯Dylan Thomas：

「通過綠色莖管催動花朵的力
也催動我綠色的年華；使樹根枯死的力
也是我的毀滅者。」

（The force that through the green fuse drives the flower
Drives my green age; that blasts the roots of trees
Is my destroyer.）

聽，彩虹橋又彎腰在故國江南的小石橋。
聽，柏油吱吱，汽車哐哐，它們理解風的意思。

2012.9.24

也是絕句

河上有痛風的夕照，
燦爛得亂。

一邊是黑色柏林
魚比人深奧！

一邊是紅色倫敦
獅比狗愚蠢。

黨員——無姿色的女人？
絕不。

2012.9.26

車爾尼雪夫斯基

莫笑，車爾尼雪夫斯基
你的笑會嚇跑屠格涅夫
驚出托爾斯泰一身冷汗

是的，你在日記中寫下
「三顆淚珠滾落下來」
那就哭吧，並拼命抽煙

美就是生活。但還有嗎
春天的輕盈可不缺天才

2012.9.26

治陽痿

他年輕時一臉圓潤──
娃娃臉？中年後，肉油
頓失，翻臉著陡峭嶙峋
瞌睡、瞌睡、瞌睡……

那老嫗「提高了聲音說
翹起屁股，然後用磨得
光光的裹傷布下拉我的
睪丸……」（Hipponax）

抽打，用那無花果枝條
不是牧豬人亦非牧羊人
是那老嫗會飲後在抽打
這乳色之力來自希臘麼

2012.9.26

卞之琳逸事（一）

上帝無償地贈給我們第一句，而我們必須自己來寫第二句，這第二句須與首句詞尾同韻，而且無愧於它那神賜的「兄長」。為使第二句能同上帝的饋贈相媲美，就是用上全部經驗和才能也不過分。

——《瓦雷里全集》1，第482頁

1936年5月的一天，我寫出了一句詩：
「種菊人為我在春天裡培養秋天。」
之後，為什麼我就寫不下去了呢？

是因為這年譯事繁忙，從糧食到窄門？
是因為我老站在一株青春的榆樹下
卻不會吸煙？（如果到了1943年
一切都將改變，那時我在昆明東山
一間林場小屋，邊寫小說，邊抽煙，
從一天三支直抽到四十支）但也很可能：

是因為生涯羞澀，感情偏頗，難得翻臉？
是因為大多數國人是地圖盲，而我不是？
回到源頭吧：待我老去才能漸於聲律細。

2012.9.27

卞之琳逸事（二）

人海裡洗一個風沙澡。

——卞之琳〈向水庫工程獻禮〉

1937，江南苦夏，我在雁蕩山廟裡譯書
而賞心樂事呢，唯有在山澗洗澡、洗衣

1938，我突然遠赴延安，為另一本新書
《慰勞信集》也為在延河裡洗澡、洗衣

1971或1972，我一生最愜意的事在河南
「五七幹校，炎夏幹了相當重的農活後
泡在豫東南村圩水裡洗澡、洗衣……」

多少江河啊，讓我錯失泡過洗過的機會
恒河、泰晤士河、密西西比河、亞馬遜？
遺憾裡我想起我的朋友師陀說的一句話：

人的深情是莫測的，人的命運也是莫測的。

2012.9.30

在夜半，想到張棗

你死去兩年後，在夜半（2012-10-4）
（而夜半已不知不覺一點點結束了）：

我又記起了你的電話號碼0049-7071-65129
那電話在古老的1989，曾響個不停……

我又記起了你的郵箱 fernzao@hotmail.com
2010年2月，末日吐露，我的信仍在抵達！

夜半，我在馬桶裡發現了一根黑髮；
夜半，一個你熟悉的驚嘆號在水中浮起。

2012.10.4

再說膽

膽之生涯，命各不同，聽
有膽小如鼠亦有膽大包天

閑客說：膽很小，感謝神
俠客說：膽很大，感謝神

酒保說：膽還在，感謝神
酒徒說：膽已割，感謝神

2012.10.5

小城故事

「旅館走廊之拙劣模仿。
寧靜與死亡之拙劣模仿。」
夜之風塵被送貨卡車震醒

他倆開始爭吵並必然撞見
戶外那株從不死亡的白楊

燈下他仍是一個年輕老人
正在他糖尿病屁股上打針

於是她努力從鼻孔噴煙氣
若兩管戳過來的彎彎象牙

2012.10.5

一念
——贈周東升

（2012年9月30日，中秋節下午，和馬入華山在新都寶光寺，共同被一年輕和尚的金剛經誦讀聲和木魚聲催促……）

餛飩、餛飩、餛飩
它是什麼？金剛經
一秒鐘，一個下午

抄手、抄手、抄手
它是什麼？金剛經
一秒鐘，一個下午

雲吞、雲吞、雲吞
它是什麼？金剛經
一秒鐘，一個下午

鼓聲、鼓聲、鼓聲
寶光、寶光、寶光
無食、無食、無食
一個字，一個下午
……，……，……

2012.10.8

風與瘋

雲是移動的大海
在西伯利亞上空
天大、海大、風大

這大地有多少風大
日本旋風
瑞典迅風
加勒比海颶風
中國，小小微風
且小字多墨氣

懶得說杭肥蘇瘦
那老婦瘋了
（在重慶盛夏）
她滿含一管牙膏
（絕非留蘭香）
是醬香型精液！

2012.10.9

我愛上了這氣味

數州消息斷，愁坐正書空。

——杜甫

Everywhere men speak in whispers
I brood on the uselessness of letters

——Kenneth Rexroth

他身上有一股江西絲綢的味道
在12月的京都，一個黃昏，
銀白一閃，遠方
我愛上了這氣味。

月亮橙黃一寸之下
「晃動著冒起白煙的白肉」
一閃，木窗畔
我愛上了這氣味。

「那來自耳朵量過的情感」
（希臘）不必
「那臉在思維中形成陰影」
（英國）不必

在寺廟的濃樹間，鳥鳴唱
皇宮石頭，水磨街道，臺階細縫
「血的氣息如塵土」
我愛上了這氣味。

2012.10.9

天空與擴音器

沒有天空，何來命運的神賜
某人有輕若白雲的前程
「爸爸在天上看我。」韓東說。

沒有擴音器，何來征服歐洲
某人注定要飲下瘋了的煤油
《德國無線電手冊》如是說。
（Manual of German Radio）

2012.10.9

片刻世界史

Will this night die from me?
（這夜將因我而死嗎）
漲起來，巴山夜雨，漲起來
我在聽一隻黃狗說：

1904年，蜀人自在非凡
（蜀犬早就停止了吠日）
在秋天的怒浪下，開始玩火車
當然也玩秋收如蘿蔔番薯（紅與白）

玩物的是金魚嗎？三條五條……
在缸裡邊睡邊游，趁便寫一行絕句。
喪志的是人，不是金魚。
「噫！天喪予！天喪予！」（孔子）

那棵躁動的榆樹呢？誰說的！
是風……是雲……
是積肥的婦女、養豬的婦女；
是七十年後（精確些，1977），
Julia Kristeva筆下的火熱婦女

2012年10月10日星期三，
我在燈下讀「偵探在博爾赫斯的
迷宮中遇到一個置人於死地的
作者形象」……戴笠？
「譯者難以醫治的偷竊衝動」

注意：在阿爾巴尼亞，有一片烏雲
希臘語和阿爾巴尼亞語出現陰影；
注意：巴爾幹的巴別塔——
翻譯區當然是軍事區

說，像細菌在傳播
說，稱自己為德意志
說，核子英語（Nuclear English）
說，老大哥英語（Big brother English）
說，象牙英語
說，翻譯的後現代性（中文）

2012.10.10

回憶鮮宅

突然，我們倆在參天老樹下餵小雞；
輪流高舉起一塊把手有汗味的石頭。
空氣新鮮，身體發燒，夏天，1966

突然你對我說你的臉有古樹的魅力，
飄動的銀髮生長著青春。讀書嗎？

不，讀一點書。吃阿爾巴尼亞棗子？
不，吃合川桃子。那可是北京之詩？
不，是重慶哲學。你的斯巴達克斯？

不，沒有財富談論道德是無意義的，
它很早就死了，天賦已逼迫它上路。

2012.10.11

注釋：鮮宅，參見柏樺《左邊：毛澤東時代的抒情詩人》
（江蘇文藝出版社，2009）第一卷相關部分。

問餘姚

一生就這樣錯過：一棵樹、一片雲、一杯酒；
一條山間細窄白路，一曲燈芯絨幸福舞姿。

張棗嗎？（1962-2010）在江南；
是的，肉體多悲哀。錯過。書已讀完。

待那撞鐘發出的鐘聲是一個新生
待遞來Dubai的棗子而非阿爾及爾椰棗

那多思的老少年就會問：我錯過了誰？
餘姚朱舜水（1600-1682）餘姚呂煥成（1630-1705）

2012.10.13

剪刀重慶

常常，剪刀摸上去是涼的
剪刀和絲綢在一起亦是涼的
剪刀和皮膚在一起呢？
還用說嗎，久了，那涼將變熱。

如果你用剪刀去剪水呢？
剪不斷，理還亂……
火焰重慶，抽刀斷水水更流
好燙呀！嘉陵江、烏江、揚子江

什麼時候，我將不復回到那裡
那裡有我中學似的群山和森林
那裡有幽幽的黑暗和黃喉
剪刀，一種永恒的悲戚！

當你長大了，院子裡就沒有人了
咔嚓一聲，春風裡的剪刀
絕望──幸運，幸運──絕望
何來憐惜，何來恐懼，何來離愁

2012.10.15

最後

那從我身邊走過的人，不久將死去
一個兩個三個，百個千個萬個……
悲傷嗎？我們笑起來的聲音可是響極了

這就是生活，無論黑人、白人、黃人

某一天，1976，在重慶巴縣龍鳳公社
熱騰騰的豬發出隆冬的咕嚕聲，最後！
「通過小哥哥的死發現了永恒」，最後！

2012.10.15

譚延闓小像

譚延闓患了好食症，害羞麼？魚翅肥牛
海參，涼拌青椒皮蛋，他每吃便覺年輕

生與死是一種心緒呢，如同書法或大肉
真好呀，午醉醒來無事，出去走走看看

2012.10.16

注釋：譚延闓（1880年－1930年），字祖庵，湖南茶
陵人。晚清翰林。辛亥革命後，官至湖南督軍兼
省長、國民政府主席、行政院長，死後葬於南京
中山陵旁。譚院長（湘人皆這樣稱呼他）是極端
著名的美食家（亦是一流書法家，民國顏體第一
人），一生偏愛魚翅（幾近每餐必吃），所創制
的「祖庵菜」二百餘種。在此特別抄來譚院長宴
客的「乳豬魚翅席」食單一份，如下：
四冷碟：雲威火腿、油酥杏仁、軟酥鯽魚、口蘑
素絲。四熱碟：糖心鮑脯、番茄蝦仁、金錢雞
餅、雞油冬菇。八大菜：祖庵魚翅、羹湯鹿筋、
麻仁鴿蛋、鴨淋粉松、清蒸鯽魚、祖庵豆腐、冰
糖山藥、雞片芥藍湯。席面菜：叉燒乳豬（雙麻
餅、荷葉夾隨上）。四隨菜：辣椒金鈎肉丁、燒
菜心、醋溜紅菜苔、蝦仁蒸蛋。席中上點心一
道：鴛鴦酥盒。席尾上水果四色。

羞愧

「種的是風，收的是暴風。」
那還有什麼好羞愧的呢？

（義和團之後）

珍寶被搶走，無愧？
書還回圖書館，無愧？
貧富懸殊，無愧？

唯有死才是羞愧的，梁任公。

但，總有人（寧波人？她？
讓我想想），好像羞於去死。

2012.10.19

生活的幻覺

單是活著就是樁大事，幾乎是個壯舉，……

——張愛玲

什麼人的生活是奇特的呢？
僕人的生活？姚合的生活？
很可能是路易第九的生活
在花園橡樹下他斷案真好。

那行禮如儀的日本考古學家
他的人生出自身體的遺傳麼？
真好，他恰是一個小氣的人，
準時、細心，無遲到的家風。

可惜，樹死若風滅。一百年！
你嚇了一跳，驚叫道：看
真好，潮濕溫暖的不是馬槽
是我那老年健在的陰囊。

昨天在興福寺，你剛剪了頭，
還發現了另一條多餘的迴廊

真好，你剛從它的幽深裡走出
就看見我們在門邊的樹下等你。

2012.10.25

注釋：姚合（約779-846），陝州峽石（今河南陝縣
　　　南）人。唐元和進士，授武功主簿。官秘書少
　　　監。世稱姚武功，其詩派也稱「武功體」。所作
　　　詩篇多寫個人日常生活與自然景色，喜為五律，
　　　刻意求工，頗似賈島，故「姚賈」並稱。

姓名

她的姓名精確到有一種氣息
——夏末午後，日長無事
看，隔窗的柔光下，她
在做一道幾何題。

而常常，人與其名毫無關係
如某文人叫張大鐵，他
卻似秋水怯怯陰陰。

地名同樣：豬市壩是富人區
浮水印是貧民區。世間
很少名副其實！

但當「他把糞堆變成了史詩」，
他就成了掏糞工時傳祥？
或——掏糞工但丁？

2012.10.25

冬天說

山光濃黑，潮濕亂霧當頭，
風濕病，當心！魚兒已游不動了。

關於嚴寒，我們還說猴冷嗎？
法語說鴨冷、狗冷、狼冷⋯⋯

在挪威、在冰島、在格陵蘭
面對冬天，我們乾脆就說：
天氣挪威、天氣冰島、天氣格陵蘭

少年遇馬人，死我即生我
連讀八百萬字，老杜甫！
（一篇讀罷頭飛雪）

黃昏時分，多麼痛快
你戴上暮色中的冷圍巾
真是好看！

2012.10.26

鄉村,1977

雞販賣蛋,錫匠補鍋,磨刀人還在;
除了疾病,連生氣也是祖傳的嗎?

纏繞的、消磨的、梯田圖案的,1977;
豬肝貴,牛肺賤,簡書記歡喜的都在。

一種屬於馴服的家庭幸福氣氛,清晨
剛從郵局後院的肉絲麵裡飄出;晚間

讀報乎?巴縣平靜,龍鳳公社平靜,
不睡、不睡。神秘代數宜於深夜學習。

然而黑巷盡頭,右邊,春燈一盞,
那安詳的睡者(來自民國)死了半年。

2012.10.28

追憶逝水年華

夜還如1978年的隆冬那樣美嗎？
她很年輕就老了，僅僅三個月
「微腫的白香皂的臉」從長沙
變大了？不。是另一個重慶人
舌頭喊累，拉肚子，小腿抽筋
他的心變得比她的臉更大。

春天，在烈士墓的草地上午餐
（就是在死人身上午餐）我們
躺下，仰望晴空，讀出聲來：
「青草應該生長，孩子們必須死去。」
（維克多‧雨果）

2012.10.30

注釋：「微腫的白香皂的臉」出自張棗詩歌〈四個四季‧
春歌──獻給娟娟〉

動物之食

豬吃橡子，很好。

羊吃青草，很好。

牛吃乾草，很好。

狗吃排骨，很好。

雞吃白米，很好。

魚吃小蟲，很好。

人吃什麼，很好？

吃稻米大麥芝麻

吃蠶豆玉米小麥

吃扁豆綠豆豌豆

吃金木水火土風。

2012.11.1

魚在風中

魚在風中，而有別於風
風不知道它，風吹它的身體
——飄風之魚
風來，魚含淚
風來，魚慢游

西藥房後面有一個天井
什麼氣味？狗的、貓的
陰天的、樹木的、豆腐的
迎風之魚的
避風之魚的

風生於水、生於山、生於牛
生於巷口、生於規律
生於石缸、生於魚
生於南京、生於夕顏
風啊，我們的父親！

這目前的繩索就是風
月落，入風
燈滅，入風

水枯，入風
破曉，入風

風抓住了食物（如蚯蚓）
風以食物為命（四季）
純潔的食者
我正午的故人
聽：風對一切眾生是蜜

是出於怎樣的思想（idea）？
風吹著風的自我（無身體）
而內在控制者——魚
即永生者
（風是不停的）

「梵是空，古老的空，空中有風」
空結合，風聯繫，魚產卵
揮揮手，讓魚兒游過
那風中人呢？
我趁便拜他為梵

2012.11.2

生育經

用牛奶煮飯，夫婦吃下，生白膚兒子
用凝乳煮飯，夫婦吃下，生黃膚兒子
用白水煮飯，夫婦吃下，生黑膚兒子

用芝麻煮飯，（拌上酥油）夫婦吃下，
生女兒；用肉（小公牛或大公牛肉）
煮飯（拌上酥油）夫婦吃下，生兒子。

2012.11.2

開門

開門，見羊靜穆，有德貌。
開門，見魚游水、淚長流。
開門，光、力、風湧入
開門，生津
開門，母親就是太古

開門，精英為金
開門，精英為木
開門，精英為水
開門，精英為火
開門，精英為土

開門，精英為梨俱吠陀
開門，精英為風
開門，精英為馬
開門，精英為牛
開門，精英為象

開門，聲音！
開門，氣息！
開門，糧食！

開門，飛鳥！
開門，水！水！水！

2012.11.2

有說

有說一十三、二十三、三十三
有說四十三、六十三、九十三

有說泥、缸、暗繩、水痕、蛇
有說行業、咒語、苦行、世界

有說糯米飯團，隨身團團
有說吾友，無影；吾友，南去

1922年6月，我在杭州回憶：

騎著，就是馬兒；
耍著，就是棒兒。
在草磚上拖著琅琅的，
來的是我（俞平伯）

那自我就這樣度著光景，有說：
他寫！在畜界的膝上，色界的喉上

有說：上半身為晨，下半身為暮
有說：哈欠是閃電、尿是雨

有說三節火、二節風、一節空、半節思

有說鐵，輕陰翼翼，一把小指甲刀

*此首詩是「有說」逗出的句法練習。開篇起句，由飛
廉在微博上發表他三張照片引起：13歲的他、23歲的
他、33歲的他，特此說明。

萬物皆在、皆灰

火在、風在、水在
土在、煙在、雲在
樹在、草在、香在
人在、狗在、豬在
太空在、心思在、眼目在
蚊子在、飛鳥在、魚兒在、
老鼠在、蛆在、蛇在……

火灰、風灰、水灰、
土灰、煙灰、雲灰、
樹灰、草灰、香灰
人灰、狗灰、豬灰
太空灰、心思灰、眼目灰
蚊子灰、飛鳥灰、魚兒灰、
老鼠灰、蛆灰、蛇灰……

2012.11.5

度光陰的人（和萬夏《度光陰的人》）

活著度過一生
是件不容易的事情
花開在樹上
樹下的人在香氣中想死
　　——萬夏：《度光陰的人》

光陰如何度過，人（而非狗）？

修鞋過一生……。
開鎖過一生……。
磨刀過一生……。
殺魚過一生……。

他研究唐詩過一生。
他研究南社過一生。
他研究現實主義過一生。
此中有真意，欲辨已忘言？

誰說的有高低貴賤？
　　——安徽劉文典！

書商麼？萬縣中學教師楊吉甫說：

「今天的草堆是我點燃的。」

2012.11.5

江南江北

銷魂橋上，歌驪駒；斟酌橋畔，折柳絲；

霸氣消沉，鶴市荒荒；北國的青山，染上了

宜紅江南。聽聽，鯽魚背石子路，硬若鐵蛋

雲在走，樹在走，背書包的兒童也在走⋯⋯

2012.11.8

袖手高山流水

肥山側，「艱難初識字」，少年精神
濃樹下，「枯寂晚求詩」，人生速老

井欄冷，雨若繩，恍惚數年朦朧詩
樹老無花，道士白頭，每每燦爛朝夕

2012.11.9

願望

年輕人想關涉交通
中年人想研究氣象
老年人想行甩手療法

死者唇上的細汗真冷呀！

詩人Robert Penn Warren
說，1966年？

「死是一種願望的實現。」
（寫完此句，
他又活了三十年）

這死，到底是誰的願望？

2012.11.12

葉芝與張棗

悲夫！川閱水以成川，水滔滔而日度。世閱人而
為世，人冉冉而行暮。人何世而弗新，世何人之
能故。

——陸機〈嘆逝賦〉

1916年，2月，倫敦，我寫下
漁人（Fisherman）：

……在我年老之前
我將為他寫一首詩，
一首也許像破曉一樣
寒冷而熱烈的詩。

（「Before I am old
I shall have written him one
Poem maybe as cold
And passionate as the dawn.」）

後來，2010年，3月，圖賓根：

只要有風從長沙來
只要有運動叫德國式散步

只要有雨落在歌樂山

（哪怕銀魚淚眼一滴）

只要有鳥衝出望京的喉嚨

只要有樹高飛於江南天

……

在謙卑與驕傲之間

在保守與激進之間

在和平與憤慨之間

在單純與複雜之間

在to be or not to be之間

……

在兩個極端之間，Yeats？

張棗？不，人人──

將走完他的一生。

2012.11.12

注釋一：歌樂山，位於重慶沙坪壩區，四川外語學院就
　　　　在歌樂山下。

注釋二：望京，屬於北京的一個居住區，被公認為是：整
　　　　個亞洲面積最大的所含人口最多最密的居住區。

見牛，有所思

眼見反芻的牛在流口水
我就想到動物等等……

愛狗不愛豬，為何？
（老狗美麗？）
在肚裡養蟲，為何？
人裝上翅膀欲飛呢？

荷蘭在水上
意大利在樹下
（老人美麗？）
豬圈在里斯本

當眾樹彎腰於前額絕壁
（老樹美麗？）
漢水是魚的天空

2012.11.14

南充一閃（為天下所有南充人而作）

Ein Tag, an dem wir fremd voruebergingen,

Entschliesst im Kuenftigen sich zum Geschenk.

（我們陌生地度過的一天，
已決定在將來化為贈品。）

——里爾克（M.Rilke）

川北從你的鎖骨開始了依戀
接著，來自南充的圓眼睛

一閃！老了的紅磚，一閃！
你走進一間1960年代的小屋

禁忌即注釋（蔥或豬肝）
在人間，有何可惜可言？

那圓圓的、圓圓的，恰好
年輕時，我們沒有相遇

一閃而過——南充——！

是什麼東西在向死神衝刺？

跑下去、跑下去，跑下去……

2012.11.15

注釋一：南充人認為他們的眼睛是圓的。

注釋二：南充人都不喜歡吃蔥，但歡喜吃豬肝。

等待

歲月流逝，童年擴展，人開始獨處

北碚新村嗎？一歲的隆冬早已作古；
南充模範街那個小小川劇兒童作古。
上清寺聚興村（而非特園）有一個
火熱少年，他在夏天烤起了火爐
為了耐心或意志？為了鍛煉等待！

歲月流逝，童年擴展，人開始獨處

昨天午後，他去沙灣郵局排隊取錢
一等就是四小時；門外挖開修路，
多灰、嘈雜，亂如麻；他坐著
思想：那有知識的主人養的狗
眼光隨逝去的年華透出某種哲學？

歲月流逝，童年擴展，人開始獨處

第二天，他理解了，但好像經過了
葉芝式的長時間沉默以後，等待是：
一門時間的學問，它不屬抗爭之青春，

不屬「漁歌入浦深」之坐而論道人，
屬於一條叫美美的飽經摧殘的狗。

2012.11.16

注釋一：上清寺、聚興村、特園，係重慶市市中區三個
鄰近的地名。
注釋二：2012年8月15日下午，在成都市三環路的一個
橋洞下，一條白色大型貴賓犬正在等死，牠已
完全無法走動，身上有二十多處刀傷，創口嚴
重腐爛，蠕動著成千上萬的蛆蟲。後被志願者
發現並獲救，取名美美。

與楊吉甫對話

看呀，「鴨兒飛了起來，雙腳伸向後面。」
看呀，你一笑，就使我變成了一個閑人。

看呀，杭州狗兒內羅畢，在陽臺上玩球。
看呀，「墨水瓶開了，貓兒趕快跑來聞。」

看呀，「我踏上板橋，是為了聽它怎樣響。」
看呀，箭從滿弓射出，緊張的弦砰地鬆了。

看呀，「農夫在田坎上找草帽，臉都急紅了。」
看呀，我所有夏天的時間，你唯一的春天。

2012.11.16

樹蔭下

多年前的一個夏天，在那株巨大的黃葛樹下，我在
　　想著
我的未來……我決定不學歷史學，將來去學商科。

如今我早已過了耳順之年，樂天知命，像白樂天？
每當夜色添濃，樹木消失，我就倍加懷念那古老的
　　樹蔭。

一天，我又來到那株大樹下，在學童們中間凝聽
　　朗誦：

所有咆哮的河流湍急，
都出自一個小小的針眼；
未出生的事物，已消失的事物，
從針眼中依然向前趕路。
（W.B.Yeats《一個針眼》）

那是一個無風的夏日早晨，黃葛樹也正好屏息諦
　　聽……
石匠分開熱浪；孩子們醉若史詩；花園，年復一
　　年……

而我感到悶，我突然想：這人間為何屠夫仗義，文
人負心？

2012.11.17

自己的生命

我沉思雅安白鶴的飛翔……
沉思那老石匠和他的住房

沉思，在放棄了沉思之後。

我從特園衝向江邊，1966；
我消磨著歡樂的重慶夏日

歡樂，在放棄了歡樂之後。

石梯、絕壁、大橋、朝夕？
有一天正午，我們去游泳

游泳是游泳本身並無它意。

2012.11.18

1990，南京深冬

水仙在南京的深冬開得洶洶，
燕子飛來還早呢。一出門，

陽光中有一股冰鋒的青春氣息。

我剛一聞到，她就問我：
「那本書你讀了嗎？童寯的。」

「哦，《江南園林志》，
還沒讀。今後有的是時間。」

2012.11.19

附錄／延伸閱讀：

水仙二種，花高葉短，單瓣者佳。冬月宜多植，但
其性不耐寒，取極佳者入盆盎，置几案間。次者
雜植松竹之下，或古梅奇石間，更雅。馮夷服花
八石，得為水仙，其名最雅，六朝人乃呼為「雅
蒜」，大可軒渠。（參見〔明〕文震亨《長物志》
卷二，花木之水仙條）
童寯所著《江南園林志》（中國建築工業出版社，
1984年10月第二版）是我從1988年一見之下就一
直念茲在茲的一本書。2011年，幸運的事發生了，
青年詩人秋水竹林贈送了我此書。真喜出望外，應
該特別記下。

蘋果禪

楊柳拂岸？那倒不一定。
這兒是蘋果樹拂岸。

因此，世上有一本書
叫《蘋果禪》

適於智者在水邊讀。
1984！

你問：「每活一天都死去。
怎麼辦？」

任其死，死得年輕
仁者來到古廟仙山

蛇是彎曲的自然
基督被看成是神秘的鹿

注意魚的嘴，
連小魚嘴也像老人嘴

他才不管這些，

他是那樣自信

像一個仰面睡去的孩子

可總有一個人在秘密地等我

下一個，下一個……

只是你還沒有找到我。

2012.11.20

摸

摸，明亮；摸，黑暗
摸，冬天，摸，夏天
摸，焦慮，摸，平靜
走摸；坐摸；睡摸；思摸
摸下去，摸下去……

（客家十八摸
閩南十八摸
二人轉十八摸
莫言十八摸）

摸數那念珠
摸數那輝光
摸數那汗脂與皮油
……

摸，有手澤（在中國）
摸，有慣熟（在日本）
摸，有鋅白（在蘇俄）

但，「別摸，新染的」……

哈爾濱荀紅軍？

莫斯科帕斯捷爾納克！

2012.11.26，初稿於從成都乘「和諧號」（動車組）火車去重慶道上；

2012.11.29，定稿於成都九里堤，西南交通大學北園電梯公寓46棟。

雙城記

一

真不巧，我是1983年9月
初的一天，遇見你的
（書恰讀完，你就入眠）

正午，在重慶
烏雲低壓，秋雨淪落
整個亞細亞剛從此濃睡

你偏愛的俄羅斯也在濃睡
大海黑暗，森林明亮……

二

心懷年輕的預感，她說
「別抽煙，千萬別抽……
感覺到青春的活力。」

多年後，在巴黎
床頭放著你的信，她讀下去：

許多黃狗在跑

許多蒼蠅在飛

許多蒲寧式的淒涼豔遇

2012.12.3

張棗從威茨堡來信

對於未來的詩人，我只是一個謎。

──Ivan Bunin

蛛絲一縷分明在，不是閑身看不清。

──袁枚

長的是磨難，短的是人生。

──張愛玲

1987年4月我在威茨堡讀閑書、散步
思考人生和哲學，懷念故國與朋友；
一個秘密，你懂！《葉芝自傳》令我

整日銷魂沉淪。5月1日我想到你，
莫怕，現在我就贈給你一句寓言：
你是一隻青蛙，理應想青蛙的辦法。

5月12日我又迎來了那美麗的正午，
（中午依然睡午覺，約一小時）
我在構思一首詩〈楚王夢雨〉。黃昏
我開始散步（如同午覺，亦來自故國）

「詩歌已多天未發生了，心急如焚。」
怎麼辦？我沒有聽眾。怎麼辦！
我可不是幽靈，那他人則定是幽靈。
請再給我些時間吧，勝算在握的楚王。

2012.12.4

1982，重慶的一個下午

那重慶的閣樓神秘而空空
（百年前曾有人在這裡活過

窗外的瘦樹亦豎起過耳朵，
聽！一封來自美國的家書）

1982，烏雲掠水，風淒緊，
西天漸暗，瘦樹染上了冷金

潮濕在加重！家書在加重！
繚繞於樹梢的薄煙在加重！

當你甩頭狂吟Paustovski，
他那讓人肉麻的《金薔薇》

2012.12.4

兩幅肖像

一

需要多長時間，小孤兒才能長大
15歲，在長沙，你已是一頭濃髮

睫毛掛淚，有何不幸？那最後的
重慶！那最後的德國（顏色很濃）

二

年歲增長，心靈幼稚，老彭偷笑：
老馬以67歲的細腳在全城瘋跑

老馬！樓上有古老而熟悉的板凳
老馬！血口裡不斷噴湧出可蘭經

2012.12.4

金陵花開三幅

機械滿胸，那白眉人在走路，
走在空翠的山間，悠悠忽忽
但來自電影（柳敬亭）

韻事莫過那愛花者在挑糞，
其中有高手，我樂為牛馬走
但來自戲劇（張陶庵）

板橋！絲肉競陳；板橋！坐下
坐下則水陸備至，目眺心挑
但來自歌舞（余曼翁）

2012.12.7

食建康（Eating in Nanjing）

世界什麼問題最大？吃飯問題最大。

——毛澤東

雞酸羊辣總是吃，食鵝肉才知黑白；
有何法度可尋，加餐飯，當尊《食憲章》

袁枚呢？李漁呢？連東坡都不足觀，
唯《豬肉頌》除外。黃昏翻《南京味道》
得「大燒馬鞍橋」，「金陵燉生敲」。

深冬鯽魚呢，苦夏豬手呢，姹紫嫣紅之
眉毛圓子醉在春日，當漁者握鱔，婦人拾蠶。

2012.12.8

注釋一：「大燒馬鞍橋」（紅燒馬鞍橋）為淮揚名菜，因
鱔魚段與豬肉合烹，形似馬鞍橋而得名。此菜色
澤醬紅，湯汁稠濃，鱔段酥香。

注釋二：「燉生敲」是南京傳統名菜之一，具有300年以
上的歷史，傳統的製法是將鱔魚活殺去骨，用木
棒敲擊鱔肉，使肉質鬆散（故名生敲），而後入
油炸後燉製而成。

注釋三：「眉毛圓子」，肉丸之一種，因狀似眉毛而得名。

四海江南

白蘿蔔、紅蘿蔔、伏蘿蔔……
思南京，唯有楊花蘿蔔兼香肚

燜肉麵、鹵鴨麵、爆鱔麵……
思蘇州，唯有胥城大廈奧灶麵

徽州臭鱖魚、杭州橙釀蟹……
思江南，在西寧、在望奎，看！

重慶春森路學田灣市場竟深藏了陸稿薦

2012.12.9

附錄／延伸閱讀（緊接上句）：
　　重慶著名的春森路（一雙繡花鞋故事發生地）就在
　　學田灣市場近處。
　　而東風不與周郎便，銅雀春深鎖二喬，亦可在「春
　　森路」遐想。

注釋：「陸稿薦」是以賣醬汁肉聞名蘇州的百年老店
　　　　（初創於1663年），現位於蘇州最繁華的觀前街
　　　　上。而如今重慶市學田灣菜市場附近新世紀商場
　　　　竟然也設有一個以「陸稿薦」命名的賣熟食（如
　　　　醬牛肉、燻魚等）的攤位。

人生之冬

這天空是一片雲的嘆氣，藍得姓李。

——李亞偉〈秋天的紅顏〉

白肉，血腸，大酒，高天與古樹
在北方，爛燉春風二月初！

蒲寧剛坐上一輛飛馳的明亮快車
「我多麼幸福，在漆黑的暴風雪裡。」

南酒燒鴨，嫵媚江山，隆冬……
我飽食閑臥，我只想讀《雲林堂飲食制度集》。

2012.12.11

吃

鵝

漢人吃鵝，名目華麗，悠悠⋯⋯

胭脂鵝、杏酪鵝、綉吹鵝、雲林鵝⋯⋯
白炸春鵝、排骨鮮鵝、煎鵝事件⋯⋯

花折鵝糕呢？在隋朝，我們曾吃過⋯⋯

2012.12.11

心理問題

緊張的人愛上了臨窗眺望

他要放鬆、放鬆、放鬆……

自卑者即易怒者，怎麼辦？

他以委屈的心交遊卻無人理睬。

惟高人才懂這麼簡單的道理：

我們除了通信，絕不見面！

2012.12.18

秋天，龍王鄉──贈李龍炳

秋天，龍王鄉，
有他國景色、酒的道路
來自鼻子的黑甜香……

秋天，我重逢了29年前的氣味
在北碚，幻覺中
聞，不要觸碰！
那生活裡唯一高雅的事

秋天，裁縫
秋天，郵差
秋天，牛皮紙包書好聽
秋天，不！閑人話多……

2012.12.21

To be or not to be

白天和黑夜可以分開

城市和鄉村可以分開

男人和女人可以分開

……

蛋黃與蛋白不能分開

波浪與深流不能分開

舞蹈與舞者不能分開

……

2012.12.22

光陰無用

公雞報曉，母雞生蛋，光陰無用⋯⋯

樹葉在路燈下騰細浪！那科學家亭亭，邊走邊思：
在瑞典，大學在森林裡，織布廠在森林裡，監獄也
　　在森林裡

鐵觀音已送出一週；蒼溪雪梨三隻肥肥，若急欲入
　　水的嫩鵝
那校長的名字聽上去很錘子哩，矮矮的；他愛玩手
　　電筒！

「發生過這樣的事，我已經倦於做人。」聶魯達！
而光陰無用；「只有墳墓能治好一個人的駝背。」
赫魯曉夫！

2012.12.25

*說明：此詩句式有意仿效了王敖寫詩時慣用的長句式及
　其排列形式。

民國乎，南德乎，張棗乎

民國時節，春風和氣，燕子飛來枕上
「我在樹下安詳入睡……」
任那「李子從熠亮的白樹掉落」

「他提著燈籠，尋找某個正直的人。」
是古典課題觸動了他的心靈？
「要麼夢見生活，要麼落實生活。」

絕壁羞於嫵媚，敬亭山宜於獨坐，
他說他正看見了一匹駱駝經過針眼：

在南德，在圖賓根，唯此為大：
「你的雙臂搖擺有致，融入蔚藍。」

2012.12.26

注釋一：見豐子愷畫「燕子飛來枕上」（〈學童詩〉燕
子飛來枕上，不復見人畏避，只緣無惱害心，
到處春風和氣）。

注釋二：詩中引號內句子皆出自張棗所譯外國詩歌（參
見張棗：《春秋來信》，文化藝術出版社，
1998，第163-178頁），「我在樹下安詳入
睡……」參見勒內・夏爾〈淚水沉沉〉；「李
子從熠亮的白樹掉落」參見勒內・夏爾〈第
二次淪落〉；「要麼夢見生活，要麼落實生
活。」參見勒內・夏爾〈那是秋天，我們在一
個明淨、有點兒不確定的早晨〉。「他提著燈
籠，尋找某個正直的人。」參見西默思・希尼
〈山楂燈籠〉。「你的雙臂搖擺有致，融入蔚
藍。」參見喬治・特拉克爾〈給小男孩埃利
斯〉。

重慶的湯

少年時節牛尾湯相宜於重慶而非牛鞭
某中年人家卻歡喜在立夏吃一碗雞湯

有一個青年最愛在解放碑長跑；深冬
他人品寡淡，恨肉，鍾情於嫩豆腐湯

而今人人都在冬燈下滿懷了一顆春心
重慶，晚年匆匆而平靜，只喝老鴨湯

2012.12.28

致張愛玲

自古「布衾多年冷似鐵」嗎？
衣服髒到極端也有一種柔軟。

縱便垂死女人似冷白大蜘蛛
縱便男孩像一塊病態的豬油

你說得多刻骨，愛玲；繼續！
並非人人都怕血與肉的人生

2012.12.31

注釋：「布衾多年冷似鐵」，典出杜甫名詩〈茅屋為秋
風所破歌〉。

季節錯亂時

季節錯亂時，黑白相間就演變成了複雜：

傢俱有一種陰天的乾淨
隆冬久坐的人會頓生春寒
木炭的裂帛聲恰如薄冰破碎
濃湯表面抖顫著肥厚的暗層雲
你的黑髮泛起夏日五點鐘的疲倦

快聽，吾國吾民！這是什麼時代，1973：

南充話是少女的幻覺，在模範街衛生防疫站
而「外國話的世界永遠是歡暢，富裕，架空的。」

2012.12.31

上海，1943

有1943年的金鎖記，
就有紫榆百齡小圓桌；
就有豬油燒魚的韻味；
就有喝不盡的紅茶水。

天陰陰，無言也無思；
衣服疲乏，人在過冬；
可誰都無需捏一把汗。

看！上海；空虛──
你就吃很多乾飯看肉；
你就打開電臺聽聲音；
你就不停地走來走去；
你就坐上暖和的馬桶
便秘？二至三小時。

2013.1.2

注釋：《金鎖記》是張愛玲的小說，寫於1943年10月。
說句題外話，我並不喜歡此篇。

假兒歌

臉，是蟹殼臉
奶，是口袋奶
鼓，是撥浪鼓
幔，是金帳幔

紅，是寂寞紅
春，是玉堂春
秋，是漢宮秋
魚，是黃花魚

味，是上海味
玲，是張愛玲

2013.1.8

附錄一：
　　狠好，周瘦鵑
　　靜好，胡蘭成

附錄二：
　　早行，齊韻叟
　　晚來，華鐵眉

為青春吃、為鬧熱吃

婦女不許吃生薑，亦不許吃鳥肉，那吃什麼？
吃肥肥的母雞和海參，這二件青春永駐的食品。

誰吃鵝油白糖蒸的餃兒（名字真好）孩兒麼？
人人。在吾國，餃兒就是快樂，快樂就是鬧熱。

2013.1.10

魂兮歸來

在溧水深冬的陽光下，1990，我想起幾個人：
老杜開口詠鳳凰，七歲；其兒宗武餓讀文選
湘江畔，一十六歲。那是垂死的江上，而非
姜尚；那是魂兮歸來，王德威最愛說的詞語。

歸來，2013，成都一月，我讀〈給潘長有〉
又讀〈張明山和反圍盤〉；真多，《馮至全集》
我從你三百七十一萬三千字中選出了這兩篇。

2013.1.13

·

注釋一：潘長有（1926-），勞動模範。天津人。1938
年進北洋紗廠當童工。1944年到天津鋼廠當煉
鋼工人。1949年加入中國共產黨。歷任天津鋼
廠煉鋼部工長、副主任，天津市總工會、河北
省總工會副主席，天津市勞動局副局長，中國
全國總工會第八、九屆執委。1950年在中國首
次熱修馬丁爐獲得成功。同年獲中國全國勞動
模範稱號。
〈給潘長有〉出自馮至《西郊集》，寫的是一
個奇蹟。現將馮至此詩引來如下，讓我輩再次
圍觀這毛澤東時代的「鋼鐵奇蹟」：

過去從來沒有聽人說過，
爐火不滅，就能把平爐修好，
你愛你的工作，讓生產不停，
接受了蘇聯專家的指導。

爐裡砌起隔火牆，
熔鋼的烈火依舊燃燒，
想不到修補將要完成，
隔火牆卻突然塌倒。

你披上冷水浸透的棉衣，
跳入六百度高溫的爐裡，
你領著大家輪流搶修，
把隔火牆又重新壘起。

這三年前的舊事
轟動了當時的大小工廠；
如今平爐不再常常修補，
這件事卻是一個好的榜樣。

我們為了拯救和平，
要像你那樣一切不顧，
我們隨時都準備著
跳入爐裡的高溫六百度。

　　　　　　　　1953年1月11日，西伯利亞車中

注釋二：張明山（1914-1981），勞動模範。奉天（今
　　　　遼寧）遼陽人。1929年到鞍山日本昭和製鋼廠
　　　　當工人。建國後，歷任鞍山鋼鐵公司小型軋鋼
　　　　廠班長、總工長、副廠長，鞍鋼中板廠科長。

1950年加入中國共產黨。是第一屆中國全國人大代表。1953年研製成功反圍盤裝置，填補了中國軋鋼設備的一項空白。1954年和王崇倫等七名勞動模範提出開展技術革新運動的倡議，得到全中國職工的響應。1956年獲中國全國先進生產者稱號。

注釋三：從「中國鋼鐵百科網」知悉「反圍盤」（repeater for flat edging）指的是：軋鋼過程中，型材和線材軋製時使軋件在傳遞過程中由穩定狀態變為不穩定狀態進入孔型的圍盤裝置。反圍盤通常是用於橢圓形（或其他過渡形）斷面軋件由平到立進入菱方（或圓）孔型的傳遞過程。反圍盤的入口和出口導衛裝置與正圍盤相同。在反圍盤的盤體設計中，為了保證軋件順利彎曲和扭轉，盤體的曲線區段一般是由兩個以上的圓弧連接組成。當曲線段由兩個半徑分別為R_1和R_2的圓弧組成時，則兩架軋機的中心距$L=R_1+R_2$，$R_1=(1.2\sim1.5)R_2$；入口直線區段長度$L_1=(1.5\sim2.0)D_0$；出口直線區段長度$L_2=(0.8\sim1.2)D_0$。D_0為軋輥名義直徑。

為了保證軋件在盤體內運行不至於穿出槽外，導槽的外側壁在盤體中部向內傾斜至70度左右，其他部位反外側壁的傾斜度為從入口端的90度過渡到中部的70度，然後再由中部的70度過渡到出口端的90度。

一
行
詩

快去！「鵝兒黃似酒」……
「江城含變態」……

張棗！一個珍稀的書信家……

快去！麻雀
——海涅天堂！

快去！鐵雲雀
——德國革命詩人！

金髮波浪
——少女日耳曼尼亞（Germania）

什麼牙！
——「看你的魚骨般的牙」

2013.1.15

今日何日兮

一

社會主義藍天下紅旗知多少，1956
人們要麼拉手風琴，要麼說太多話。

而如今很可能，愈越南，就愈頹廢；
你愈辛苦，愈僅積得一些小陰騭。

二

咽喉深似海，日月快如梭，一轉念
他恰帶來一床硬邦邦的鋪程；1982

夏日，在重慶，在鋼鐵學校的陰天
一個活著的死人打開燈找臨終的眼。

2013.1.16

傳奇

這可不是什麼張愛玲的傳奇。
亦不是那東北漢人搖身一變
在美利堅封妻蔭子的傳奇。

這傳奇是：他用鋸子鋸廢氣
鋸了三十噸，南京兩分鐘。
但你總不會用鋸子鋸流水吧
但李太白說抽刀斷水水更流

那倒是，寫詩可以集中精力
亦可以邊睡邊寫。有時甚至
懶得寫，就直接引來如下：
「一嘴風，一駝背玉米。」

2013.1.17

在人間

當黑燕飛停電線站成了一排，
當鳥死去（非關人死鳥朝天）
它們的肚皮迎向晴空晨風，
當某人暮晚哭起來像羊在笑，

另一個人就將不歇地問：
水中的死魚肚皮朝天為什麼？
水中的死人肚皮朝天為什麼？

我將坐老我將睡新為什麼？
頭髮將預卜我的生活為什麼？

2013.1.22

襲

來

我讀著，睡意襲來
我醒著，恨意襲來
我走著，失意襲來
……

我吃著，生意襲來
我看著，歉意襲來
我聽著，隨意襲來
……

她活著，豬兒襲來
她死著，魚兒襲來
……
漢書後，狗兒襲來？

2013.1.31

鐵笑：同赫塔・米勒遊羅馬尼亞

一

才見社會主義金鐘柏，又識
紅石竹黨徽及效忠國家杉樹。

天空橘灰、鐵灰、鋼盔！砰
一聲響天空落入吃飯的盤裡。

箱子，在羅馬尼亞是敏感詞。
杏仁，在羅馬尼亞是傷害詞。

風，與己無關，讓他者疼痛。
學校整編為波隆佩斯庫機組。

吐出口水既作鞋油亦作武器；
而除夕夜的爆竹叫「猶太屁」

那男人的髮型屬政治學範疇。
哪怕殺雞的女人是無用之人。

二

任衣領去愛上他們的星期天，
「我哭了，雞蛋在鍋裡打轉」

生活我的姐妹？眼睛或耳朵？
不。生活是吃的嘴，嗅的鼻；

是合作社的東西：土豆蘿蔔
瘦魚、梅子樹，甚至爛掃把。

對了，還有水泥，還有瓷磚
還有拖拉機黑輪胎做的拖鞋。

人人信迷信，人人成了詩人；
人人不耐煩，為小事而尋死。

（當然對你來說死是件小事）

死人愈多時間愈快。好濕呀！
樹老葉新齊奧塞斯庫？鐵托！

三

與其看他用冷臉寫信而非手
不如看椵樹下那件靜靜雨衣

與其說墓碑上的照片是熱的
不如說牧師的熱屁有苦膽味

「一道趁著還涼快的命令」
終歸來得及，無論冬夏清晨

樣樣都是鐵，連睡醒後枕邊
被人剪下的一撮頭髮也含鐵

擦來擦去的奶子若抹布，豬
邊拱邊哭，朝聞道夕死可矣？

而人做的最後一件事：等死。

四

東邊人愛訴苦，動輒便抒情；
煩！玉米塞他一嘴，使安定。

精確的細節區分精確的人生，
等級制：香煙打火機圓珠筆。

蘋果樹下有個避難者在發抖，
他的命運只能是他的手寫體。

貧困相同各人的故事則不同？

他殺馬時，馬一直死盯著他；
他恨杯子老不死，就摔碎它；

始於饑餓終於奢侈，那作家；
感謝黨，平衡木上的女冠軍。

五

雞鴨魚、牛羊鵝，哪怕罐頭
你吃肉就是吃下死者的死亡

我怕，我不吃，我有犯罪感
我穿上素食主義涼鞋，天天

由瑣事（整體性之敵）磨腳。
但仍會有一根舌頭，它很長

它空著，它渴望吼鬧、發脹
「怎麼了，屌！咋回事，屄」

讓他們硬下去，讓她們變濕
這是自由！女大學生做飯和

被肏，男大學生吃飯和肏人。
歌詠比賽正進行，我的祖國

冬天吞瀝青，夏天吃土，秋
來臨，女教師的大肚子平了？

六

笑話是紅的嗎？有一本書叫
《紅笑》，與羅馬尼亞無關？

可芍藥是烏克蘭之花，搖身
一變為蘇聯之花，「在列寧

和裝甲車之間」有關！基輔
──莫斯科──布加勒斯特

有關！戰爭之「鐵衛軍」與
鐵笑（黑色的）有關！同時

羅馬尼亞在變，縱便老同志
不習慣這大型穿堂風，生活

在標語下，還沒這麼快結束
那流逝背後，是短促的壽命。

七

棒針編織，毛線上的馬拉松
在繼續，可總有什麼東西要
阻止我們繼續。是你說的嗎？

沒有打斷就沒有繼續，生命
在皮膚盡頭之地隨物件盛開：

櫃子衣服書報毛巾臺燈牙刷
一天又一天一代又一代繼續！

但靜止需吶喊，凝固應拆散？
那千頭萬緒的馬拉松毛線呢？

到底是什麼東西在阻止我們
繼續！是歲月，歲月，歲月……

八

假如生活欺騙了你

──普希金

眼睛在眨的時候也將
欺騙我（赫塔・米勒）

黑夜總是舊的而新的
白天又很難遇見解人

但我攫住了某些偶然。
想想吧，人，在世界

呼吸不是一口，很多
行走不是一步，很多
說話不是一句，很多
吃飯不是一勺，很多
抓拿不是一把，很多

所以，會有一個指甲
它很大，大於一粒沙

九

在吾國，人們擠入澡堂，不分親疏
羅馬尼亞有何講究？一種施瓦本浴
（家庭式）被赫塔·米勒寫進小說

全家人依次進同一浴盆（不換水）：
1）母親先給兩歲兒子洗澡，完後
2）母親從自己脖子搓下灰色麵條
3）父親從自己胸口搓下灰色麵條
4）祖母從自己肩上搓下灰色麵條
5）祖父從自己手肘搓下灰色麵條

如今，這古老的浴盆洗法絕迹了嗎
誰說的，連爐子都活著，而人死去。

十

整個東歐都要午睡，我豈能幸免
人總是夠的，你死了，無人察覺

怪事多：蛇吞牛奶，女人變白頭
突然，我在廚房被影子摸了奶子

晨昏，母親在廁所呻吟，是便秘！
祖母們個個肚子下垂，表裡如一；

村子像個大箱子，祖父在敲釘子
「錘擊聲把句子從我臉上撕走」

閃電下，井水裡蕩起斧頭之音樂
小表哥對準夜壺托起他白晰陰莖

而我的小便聲聽起來粗大，滑稽

十一

觀「燕子在一場死刑上空孵蛋」
虱子抽動著，鑽進人的熱肉裡

蠟燭嗅來如冰，走動的人是風……

鳥兒在貓嘴裡掙扎，蜘蛛在逃
殺死的肥鴨高懸於天，剛會飛？

山羊舔牆上黴斑，雞群追光跑
死豬冒著蒸氣，有一股玉米味

男人怒腳踢死狗，棒子砸老鼠
最恐怖的事：工作的螞蟻無聲

金龜子除了吃金子還能做什麼？
熱帶魚來不及感受游過了夏天。

十二

雞血雞心雞肝雞腸雞爪很輕
凍得發紫的乳豬蹄髈亦很輕

我的東德呀，我的羅馬尼亞
在冬天，肚子依舊是年輕的

而她的臉，雪與鋼！硬得痛
她喝花茶上癮，最後的花茶！

葬禮將在兩小時後進行，那
蒼蠅又飛來耳邊聽她的休息

馬背上蓋著薄毯，為防感冒。
當「整個國家都在下大暴雨」

當種族不同墓地的氣味不同
他為避尷尬，望了一眼烏天

十三

不吃肉有何不妥呢？莫怕；
手冰涼但大腿暖和。看吧：

他在搖擺，搖擺就是舞蹈。
她在轉身，轉身就是舞蹈
他在踩踏，踩踏就是舞蹈

守夜人亦說「人老了還會
有興致看鏡子裡的裸體。」

捕風捉影看起來大不一樣：

在斯圖加特有個老人，邊
打瞌睡，邊看脫衣舞表演

看下去，看下去，看下去：
你口含黑夜，吐出了晴空

十四

年齡越大越愛站著，不願坐著：

清晨雨後，草地有一股鐵鏽味
到了十點氣溫上升又有魚腥味

冬天樹幹的下半身刷了白石灰
瞌睡紛紛，粉筆紛紛，雪紛紛

白天的回籠覺是淺藍的，不黑
但陰莖容易著涼，得搭個毯子

肚子——圓日，這不是很好嗎
甜食是男性的，興致更是快的

少數工人階級開著小車去上班
共產黨員的皮膚鼓吹起香水風

想想吧，在東歐，在羅馬尼亞
「不是死去的每個人都叫莉莉」

十五

有個父親遭遇女人皮膚裡的風
「有個父親在園子裡鋤著夏天」

有個女兒恨罷鄉村，來到城裡
她在追求一位穿白襯衫的黨員

愛？即便只有擦傷無愛；即便
哪裡黑了，就在哪裡歇；即便

燈下坐了一個寬的袖子，有茶
有乾淨指甲，有小小半白圓圈

有真心改善黨的意識形態手冊

逝去、逝去、逝去。夏日有詩：
拂曉前，一定將老人變成鮮花

十六

在施瓦本，我穿過高高的飛廉抵達；
念茲在茲：不忘死亡的人才懂得活！

在施瓦本，人偏愛吃牛舌豬腰雞腿
醃黃瓜核桃，瘋甜杏仁，燒心李子

在施瓦本，母親一衝動打嗝賽神仙
脾受驚，胃在吼，膽劇痛，腰酸酸

在施瓦本，父親鐵氣森嚴，鵝肝肥
我說：他的肝大得像讚美元首的歌。

在施瓦本，狗多貓多羊多豬多牛多
而閑人甚少（閑逛是一門古老職業）

在施瓦本，走私的婦女用屍夾金子
串門的婦女麻煩，她們在晴天尿多

十七

是契訶夫的萬尼亞舅舅嗎？1945年
「或許俄語的孤獨就叫萬尼亞」

水彩和肉曾是那樣讓你私下心驚
可幸福中我還不懂得恐懼和害羞

在那架呼吸秋千裡，我才17歲
悲慘敏捷，剛匹配上麥得草的銀光

為何總是勞改營湧起烏拉爾河情懷
為何總是「水泥決定了我們的生活」

土豆，烏克蘭，黑楊樹；還有湘潭？
……這些詞帶來了魚龍混雜的氣味！

這些詞帶來了東歐甚至亞洲的命運！

2013.1.25-2013.2.12

注釋一：「紅石竹」看上去像羅馬尼亞共產黨黨徽。「杉樹」頗具社會主義氣質，有一種效忠國家的風度。

注釋二：「波隆佩斯庫機組」，形象地表現了在羅馬尼亞，學校如何以集體化、軍事化、工業化之手段來對學生進行管理。

注釋三：「猶太屁」（Judenfuerze），指南德小孩在除夕夜玩的一種爆竹。有關細節可參見赫塔·米勒散文〈每一句話語都坐著別的眼睛〉（出自赫塔·米勒散文集《國王鞠躬，國王殺人》江蘇人民出版社，2010，第27-28頁）。

注釋四：齊奧塞斯庫（Nicolae Ceauşescu，1918年1月26日至1989年12月25日），1965年成為羅馬尼亞最高領導人，1965年3月24日當選為羅馬尼亞工人黨第一書記。同年7月，工人黨改名為共產黨，齊奧塞斯庫任羅共中央總書記。1974年起兼任共和國總統。1989年齊奧塞斯庫因政變準備以直升機從總統府逃脫，結果被羅馬尼亞救國陣線委員會逮捕，並立刻判刑槍決。

注釋五：鐵托（Josip Broz Tito，1892-1980），南斯拉夫政治家、革命家、軍事家、外交家。曾任南斯拉夫社會主義聯邦共和國總統、南斯拉夫共產主義者聯盟總書記、南斯拉夫人民軍元帥。

注釋六：「施瓦本浴」參見赫塔·米勒短篇小說集《低地》（江蘇人民出版社，2010）第8-9頁。赫塔·米勒生長在羅馬尼亞巴納特施瓦本區的農村。這裡的村民大多數說德語。

魚飛武庫時

(2013)

誰害怕胡蘭成說了什麼

一

有個男人說：科學孤立，宗教彎曲。
有個女人說：閱讀使人細膩。

佛說：世界皆幻。
禪說：世界皆機。

年輕的基督徒孫文說了：
吾承湯武周公孔孟而來。

好而知其惡，惡而知其美。
好人乎，惡人乎
胡蘭成說：對於敵人有一個美字！

二

胡蘭成再說：人是虛的，命是實的。

所以，
麗娘可以還魂

耶穌可以復活
靈童可以轉世

所以，
吾有一燒餅，可分與三萬人吃。

三

佛陀靜，禪者動，基督惡之花；
而「行道還是要以風，要以文學。」

易經天行健，行健即詩的物理；
離騷多纏綿，纏綿即理論的嬌羞；
而「行道還是要以風，要以文學。」

歡喜的事，對神是一個「如」字；
對胡蘭成則是「人間隨喜」；
而「行道還是要以風，要以文學。」

小人沾沾自喜
大人跌宕自喜

美人顧影自喜

而「行道還是要以風，要以文學。」

2013.2.13

山洞，1970

是重慶山洞第15中學的早秋嗎？
殘暑正吹起二三涼燕；8月31日，
黃昏，人間有何行路難……

一間平屋，一床乾草，一個男孩！
1970，操場，白石，巴樹，老師！

1970，田醫生剛出門，帶著紅十字藥箱
1970，雪白裁縫恰剪裁完一套初中生的中山裝

1970，雲藏了小小李太白，晚窗分得了讀書燈……

2013.2.15

春盡夏至

年少因何有旅愁？

──李商隱〈送崔珏往西川〉

晚雨山涼，食堂薄薄
一陣風過，吹乾了旅人的單衣

小從容鐵硯呢？春老銅瓶？
古意象在，又日日新……

昨天我們在昭覺寺吃罷午飯
今朝訓詁人便騎飛了一乘白鶴

2013.2.18

胡蘭成再說

我們總是離路很近，走上去，路活了
我們總是離風很近，迎上去，風來了

我們總是在空山聽到聲音，不可應答
我們總是在深夜聽到聲音，不可應答

你說梅歸隱，馬如龍；書是姿不是法
你說花是思的風韻；文章是永恒肉身

你說賤人習藝，而桃之夭夭只是個興
你說衣食艱難，但周禮為世界開風景

2013.2.22

向南方呼吸……

向南方呼吸……
因為文學與詩是女性的
（她們有怨）

再向南方呼吸……
廚師則屬於精緻男人
（他們害羞）

馬嘶山稍暖，人語店初明
那是姚合，在送杜立歸蜀。

正南？不。快回頭，星期天！
我們向西南方呼吸……

2013.2.23

想念一位詩人

年輕時，他喜歡在燈下寫詩
直到某一天，一切都改變了！

空氣和風的公正終讓他開竅：
吃需要獨處，思則反要群居。

可生命從一開始，就被注定！
但死從不懂得道歉。怎麼辦？

當人越寂寞，生活就越急迫。
當天越有情，大地就越衰老。

2013.2.25

在北碚涼亭
——給張棗

一定是來自長沙的風穿過了涼亭
在北碚，在一個梨子的詩篇裡
你的命運才得以如此平靜

世界呀，風會從綦江吹來嗎？我
倒想它從合川的嘉陵江上吹來

花開花落，種花者已死去多年
可春天總還是要多出一個正午

當你用右手不停地繚繞著想念……
「一種瑞士的完美在其中到來。」

2013.3.5

注釋一：「北碚涼亭」，指重慶市北碚區，西南師範大
　　　　學行政樓旁，那座小丘上的涼亭。記得當時
　　　　（1984-1986）我與張棗多次登臨。
注釋二：但願風不要從窮凶極惡的綦江吹來；寧肯從合川
　　　　吹來，因合川至北碚這一段嘉陵江水尤其秀美。
注釋三：張棗一直自稱是一個「正午的」詩人。
注釋四：陳東飆譯華萊士・史蒂文斯《最高虛構筆記》
　　　　中一句「一種瑞士的完美在其中到來。」

花生逸事

史迪威說蔣介石是花生米。
這與兒童無關?老人至愛!

逝者如斯,大橋飛架,輕
嘉陵江上的幻覺;1958年

上清寺,非人的郵局之夏
馮喆剛換上白襯衫走出來

當然不是迎向黑暗的大海

悲劇趁便回到六歲的喜悅
下午沒有蛋糕,只有花生。

2013.3.5

注釋一:約瑟夫·史迪威(Joseph Stilwell,
　　　　1883-1946),美國將軍,1942年派來中
　　　　國,先後擔任中國戰區參謀長、中緬印戰區美
　　　　軍總司令、東南亞盟軍司令部副司令、中國駐
　　　　印軍司令、分配美國援華物資負責人等職務。
注釋二:「非人」,1980年代重慶青年詩人,當時在
　　　　上清寺郵局工作。

附錄／延伸閱讀：

〈毛澤東時代的美男馮喆〉

　　記得多年前，有一位朋友去美國做中國50年代至70年代的《大眾電影》雜誌的封面研究。他曾以很得意的口氣對我說要用解構主義的那一套來解析這些當年的時髦臉譜。我當時不經意地問起他怎麼看馮喆的臉（我對這張臉已關注很久了，因此並非真的不經意）。他一時語塞，不知我的意思，也因此不知從何答來。我卻突然拋出一句：馮喆是毛澤東時代唯一一張東方雅皮士的臉。他似乎沒反應過來，我們就繼續喝酒，並聊起了別的話題。

　　說了上面這段入話，我就要進入本篇短文的正題，談談毛澤東時代的美男子馮喆了。這個人我一直想寫他，此種想法幾乎盤旋於心快30年了。但每每提筆，又不知從何下手，這正應了一句俗話：你越想寫就越不會寫。但不寫又如梗在喉，非不吐不快。那就放手寫來吧。

　　記得小時候看電影，印象最深的是《南征北戰》的高營長以及《羊城暗哨》的偵察員，電影中的這兩個主角都由馮喆出演。只可惜我對馮喆的生平一概不知，有多大名氣也無從考得，只知他是30年代或40年代出道的演員。但不管這些，他在這兩部電影中帶給我的衝擊是巨大的，這有點像李秀明作為毛澤東時代的美女在電影《春苗》中所帶給人們的衝擊一樣。我也不知為什麼就偏偏喜歡上了馮喆，或許是他長得有點像我的父親，或許人總願成為另一個人，連博爾赫斯也不願意成為自己，1978年6月5日，他在《不朽》中就說：「……我可不願意永遠當博爾赫斯，我願意成為另一個人。……」他甚至在少年時，也不想成為自己，「寧願成為另一個

我。」七十八歲時，他更是煩透了自己：「想到我還將當博爾赫斯是可怕的。我膩煩我自己，……」

或許只有在馮喆身上我才可能幻想一番東方男性的神秘性及美感，或許……我也不知道了。猶如一個時代有一個時代的文學和時尚，一個時代有一個時代美麗的臉。馮喆的臉雖不能代表那個時代火燙的革命精神，但亦十分輕鬆地就賦予了革命一種另類的（姑且用這個目前流行的說法）美，即可信性、優雅性、從容不迫、柔情與果決。他的臉自然、含蓄、內斂，並富有一種小型（馮喆的臉小）而妥貼的溫暖，洋溢著和平沉靜的古風，而且還將這一切揉合成一種經典的當代性。寫到此處，讓我想起一句張愛玲描寫胡蘭成獨自一人在書房裡的形象：「他一人坐在沙發上，房裡有金粉金沙深埋的寧靜，外面風雨琳琅，漫山遍野都是今天。」（《今生今世》第165頁）張愛玲雖寫的是胡蘭成那特別的龔人之美，但我覺得轉引過來說馮喆似乎更為恰切。是的，我可以說馮喆有那個時代最美的一張臉。說來又是巧合，他的臉型是我偏愛的一種（小而略長，不似中國），而典型的中國人的臉是寬胖偏平臉，這種臉雖不太好看，但最適合演京劇，這一國粹是我的喜愛。我曾說過中國現在的演員全部加起來還抵不上一個二流京劇演員，惟有京劇演員才能體現中國人的美感。馮喆的臉不太適合演京劇，不過也未可知，這是一個小小的遺憾？

另外，馮喆作為一個男演員有一點女性氣質，這正是他的天才之處，感人之處，也正因為這點使他成為一個完美的演員。他的表演不僅在中國就是在整個東方也是無人能比的。有關他的表演在此不多談，那應該是另一篇專業性文章的題目，並非我所

擅長。還是回過頭來談他的那點女性氣質。中國歷
來有南人北相，北人南相，男人女相等說法。男人
女相是對男人最高的評價。其中有許多講究，不能
一聽這話就想到同性戀上面去了或什麼缺乏陽剛之
氣上面去了。《金瓶梅》中王婆對西門慶講花花公
子的五大條件，第一條就是要有潘安的貌。而潘安
這位晉代美男，眾所周知，他與何晏之流一樣，是
要塗脂抹粉的，而且雪白耀目，非常女性化。我這
樣講又不要誤會了，以為我贊成男人擦粉，相反，
我是最反感的。我真正要講的是馮喆不是sissy
（有同性戀傾向的女人氣男子，這種人有一個特點
就是喜歡寫詩），他的女性氣質正好使他文武相
扣，張馳有度。

馮喆在文革時自殺身亡，這對他個人生命來說是一
個悲劇；但對於他的美，零落卻恰是時候。我很難
想像他老了的樣子，如果他像所有中國人一樣變得
鬆鬆垮垮，一張大臉，他也就不是馮喆了。這樣說
僅是一種唯美的說法，畢竟斯人已去，反之，我當
然會祝福他健康長壽的。

（此文寫於2005年）

補記：

就在此文寫完四年後，馮喆又因一個偶然的機緣浮
上心頭。

2009年的某一天，我讀到了翟永明的一首詩〈哀書
生〉，她在此詩的結尾作了一個注：「馮喆，著名
電影演員，曾任《桃花扇》、《羊城暗哨》主角。
文革期間被批鬥致死。作者少時曾於成都八寶街電
影院門口目睹其被批鬥經過，馮喆被迫身穿《桃花
扇》中戲服，手執繪有桃花和美女蛇的摺扇，任人

唾罵。」從這個注釋，我們立刻知道了，這首詩所哀的書生正是當年四川峨眉電影製片廠的演員，名動大江南北的「高營長」──馮喆。他的美我雖不能在此一一詳盡，但翟永明這首〈哀書生〉卻代我說出了我心中對馮喆的完美想像，感興趣的讀者可徑直去讀她寫的這首詩。

一封來自1983年的情書（為一對曾經的戀人而作）

有個聲音在波蘭的消磨中
為何不是在柏林或長沙？

有個聲音在重慶的消磨中
不是三年，只有一天！
我們的24小時呀，親愛的

被注定的還遠，我才20歲
記得嗎，我們翻開了一頁：
It is doomed! 歌樂山下

我莫名地愛上了神的熱淚
你說只愛我倆那唯一的登臨

1983，春天，火車開往南京
……

（多年後，我仍喜愛寫信
但你已經變了，你不再眺望

但有一個消息來自蒼茫雲海

2013，春天，朝鮮準備決戰）

2013.3.8

是
誰

中午，那生氣的人不是我，是誰？
夜晚，那倒地抽搐的人不是我，是誰？

簡陋的舞會上她冒犯了一個人，是誰？
一年四季那哭著彎下了腰的人，是誰？

挪威的風，日本的風，錫蘭的風，是誰？
南亞的人，東非的人，北美的人，是誰？

我們生活，我們恨著，我們死去……是誰？

2013.3.14

張棗：從長沙到西德

風吹開了1978年湖南師範學院的書頁
一本，二本，三本……幻美集在正午閃光

夏日的麓山很近，有一種人與物的相親
那是「親密又親密的知己。星球的一種鼓勵。」

我15歲的長沙「安寧，它自身是夏天和夜，
它自身是讀者傾身到晚間並在那裡閱讀。」

1986西德，一絲聲音，頭髮或捲菸？你說：
「誰去山頂的上面，書未讀完，自己入眠？」

2010圖賓根，「我們在晚風中布置好了居所，
在那兒，一起廝守，已經足夠。」……

2013.3.14

注釋一：「親密又親密的知己。星球的一種鼓勵。」
（張棗譯Wallace Stevens《世界作為冥
想》）。

注釋二：「安寧，它自身是夏天和夜，它自身是讀者
　　　　傾身到晚間並在那裡閱讀。」（陳東颷譯
　　　　Wallace Stevens《房子曾無聲而世界曾安
　　　　寧》）。
注釋三：「誰去山頂的上面，書未讀完，自己入眠？」
　　　　（張棗《麓山的回憶》）。
注釋四：「我們在晚風中布置好了居所，在那兒，一
　　　　起廝守，已經足夠。」（張棗譯Wallace
　　　　Stevens《內心情人的最高獨白》）。

在東洋

草木蟲鳥呢，檜木遠離人間，蓑衣蟲可憐
朝顏、夕顏裡，有莫名的箱鳥（翡翠？）

可怕的瀑布呀（某人的幼兒說「塔布」）
某人年紀輕輕，臨窗睡著午覺⋯⋯

這也算有趣的事：小黃狗抬起左腿眺望
頭白的人話多，幸福的人便走來走去。

2013.3.16

我們的一九八四

四月詩選，誕生於北碚
在歌樂山的植樹節之後

我還記得白日六章，在
徒勞而美麗的星辰之前

鏡中，我們的一九八四

這初春的晚燈宛如冬日
我讀完你童年寫的詩篇

2013.3.19

如是我聞
——抄楊鍵《夜深沉》

鳥兒
在田野上亂飛、尖叫。

放豬人
看著出神入化的落日。

許多年以後
我遇見他在河邊的屍體。

2013.3.22

如是我聞（二）

一

好色的人，生命廉價
入夢不費一錢──

有宋一代，她在京都說：

可羞的事是，男人的內心
以及過於警覺的夜禱的僧人。

二

多年後，林克！
庭院中的詩仍是國家中的國家。

三

因為，燕子三次築巢（三次被兒童摧毀）
最後一次，它騰空觸地怒死。

因為，麻雀珍愛乾淨，
每日下午，來我窗外淺池邊洗澡。

因為，大雁讓老弱病殘者夜半守衛。

因為，岩羊在被追殺中用犧牲越過了絕壁。

2013.3.22

注釋一：「可羞的事是，男人的內心。很是警覺的夜禱
　　　　的僧人。」（參見：清少納言《枕草子》，周
　　　　作人譯，中國對外翻譯出版公司，2001，第
　　　　196頁）

注釋二：2013年3月21日下午3點半至晚間8點，我和周
　　　　東升（馬入華山）在林克家的樓下庭院，賞櫻
　　　　花喝黃酒，背景是一株50歲的櫻桃樹。林克談
　　　　到了燕子怒死；麻雀洗澡；獵殺大雁；岩羊犧
　　　　牲老弱，飛越絕壁的故事。

注釋三：齊奧朗（EmileMichel Cioran，1911-
　　　　1995，羅馬尼亞裔旅法哲學家）原句為：庭院
　　　　中的詩歌是國家中的國家。

問
人

南人、飛鳥、樹巢
北人、走獸、土穴

東方人，春夏秋冬
西方人，剖腹天文

在吾國，魚逸樂、犬吠日

而人
巫山人、元謀人、周口店人
……

而你，
到底是屬於哪一種人？

2013.3.22

仿古小幅四季屏

春

日子長閑，樹芽初生

風騷人一步走遍天下
耕烟人獨會萬古空山

而卑賤者話多，高貴者亦話多。

夏

江樹雲帆，鬧紅一舸

看著燕子，有時我們就亂說：
色即是空，黑即是白。

重慶，下午的慶大黴素何為！

秋

楚王夢雨，宋玉悲秋

李金髮之樹木長髮披遍，
偉岸棄婦吞吐大荒……

可她不是晉人，是臺灣人。

冬

和光同塵，流水雲冷
在南方，枯在潤，老在嫩

東坡！你說過
無事此靜坐，一日是兩日
若活七十年，便是百四十。

2013.3.23

附錄：
　　春天，她聽到海子孤筏重洋的聲音
　　夏天，他聽到茄子夜晚嘆氣的聲音
　　秋天，他聽到麥子身體膨脹的聲音
　　冬天，她聽到蚊子睫毛落地的聲音

阿彌陀佛事

清涼山上，有心無心，慣看
十二樓，十二人，二十四度春風夜……

三界唯一心。有象。有馬。有七寶。
亦有魚心、鳥心、人面獸心……

那狗兒小小，養得似肥蟲。

藤衣，麻衾，樺皮呢，卻無金縷鞋。
但有春花秋月何時了……

但有寒山子，但有鴨長明。

2013.3.28

注釋一：鴨長明（1155-1216），平安末期日本歌人。
代表作品《方丈記》。

難忍

有何可慚愧的呢，無魚
有何可遙望的呢，無鳥

少鹽，那黃狗仍有淚痕
少風，那病人還在登臨

蜀語乎？吳語乎？國語乎？

大地缺樹，景色難忍；
我們的心，我們的心呀

難忍。

難忍，童年為忘卻的平淡
難忍，我喝下口渴的一生

2013.3.29

老人與少女
——為另一個歌德而作

黎明，金星大升空（1919年7月），
白銀很焦急，熱血很焦急，東方人
並不急，依舊去蘇維埃食堂吃早餐；
那刮淨鬍鬚的老人顯出幾分古風！

聲音還是那聲音（但眼睛變了）：
「十六歲和七十歲，沒什麼好奇怪的，
最重要的是，一點也不可笑。……
它有可能引發真正的激情……」

但她在抱怨：「可惜我年紀太小，
配不上您，這是最大的不幸！」
她為自己的青春憂傷，為慷慨憂傷……
她的生活——閃電。她的死亡——颶風。

「唉，我從小懦弱，雖出身高貴。
噢，你這魔鬼造出來的——衰老！」
——別把鋼牙送給那刮淨鬍鬚的老人
讓他為戀愛憂傷，為死去的十八歲憂傷。

2013.4.12

點

燈

他死了？不，他的聲音消失了

2013年4月17日凌晨

哪來的流水聲？黃葛樹的簌簌聲？

什麼東西在越磨越細？

面或針？怎麼，最好是有苦難？

當永恆的男客人置身異邦的海邊

須知女性詩集———不過是一盞燈顯示神奇！

2013.4.17

1973，公正大隊的茨維塔耶娃

早晨，青春漫長，並無飛逝；生活
透過滿山梨樹的漣漪，愛上了我們

浪——絲綢。田——階梯。1973，
我在璧山高喊：中午。黑森林巨著。

有必要嗎，人人都向老人學習？不
我思念我總愛躺著閱讀的青年歲月。

公正的Boris，「我雲端的兄弟」
正屏息靜聽她讀下去，湍急的鼻音
伴著奔騰的樹木，黑人的熱血：

……可常有——滿懷激情的姐妹！
可常有——兄弟的激情！
可常有風中草地交織著
唇邊的深淵颳過來的
習習微風……

可常有：詩人是女人真正的情人。
可常有：心比性器官更像性器官。

2013.4.18

山鄉初夏

山鄉少了煙囪，多了化肥，尿糞失憶

昔日之煉鐵爐畔，廢池喬木，人已老去
連天運、賀金花（鋼鐵夫妻）今猶在？
怕叫多思者──卞之琳──想起：
空空的山鄉，你！捲起了我的愁潮──

是誰，猶厭言：1958，「三面紅旗」，鋼水奔騰……

是誰，算而今，燕子斜飛，胖魚撥浪，欄邊豬兒濃睡。

2013.4.26

注釋一：「廢池喬木」、「猶厭言」、「算而今」，參見
〔宋〕姜夔〈揚州慢（淮左名都）〉。

注釋二：「連天運、賀金花（鋼鐵夫妻）」，參見1958年
10月8日《人民日報》新聞〈鋼鐵夫妻〉，全文不
長，特別重要，引來如下：
連天運和賀金花是鋼鐵大軍裡一對青年夫婦。在
東風鋼鐵廠裡，提起這小兩口，人們都知道他倆
挑戰競賽的故事。
他們都是共青團員，也都是農業生產隊長，平日
他倆誰都怕自己落在後頭。聲勢浩大的煉鐵運動
開始了，小兩口都報了名。

天運回家對金花說：「我已報名上山煉鐵啦！」

金花說：「光報名不行，還得看誰真走。」

天運說：「光走還不行，還得看誰堅持到底。」

小兩口到了鋼鐵廠，就展開了競賽。天運第一天就開了一夜礦石，金花建爐子也打了一個通宵。兩人互相寫了三次挑戰書，當眾宣布：「要樹立共產主義思想，要以廠為家，礦山挖不完不下山，鐵堆頂不住天不下山，農村不機械化不下山」的豪邁誓言。

金花和天運在鋼鐵廠裡各掌握一個爐子，看誰先流出鐵水！

天運看風力不足，就掌握一個小熔爐，經過五次試驗失敗後，先流出了鐵水。金花說：「用小爐子，俺也能煉出鐵來。」天運就換上了一個大爐子。經過兩晝夜的苦戰，他倆掌握的兩個爐子都流出鐵水來了。

有一次，天運到竹園溝參觀學習煉鐵回來，把煉鐵的配料主動告訴了金花。

最近，兩人都被評為縣的鋼鐵生產積極分子，並獲得了獎狀。從開完積極分子會議回來，天運沒吃晚飯又回到爐上。金花看他沒吃飯，就給他捎了兩個饃饃，兩人又奮戰了一夜。

注釋三：「怕叫多思者——卞之琳——想起：／空空的山鄉，你！捲起了我的愁潮——」，參見卞之琳〈白螺殼〉中三句：「怕叫多思者想起：／空靈的白螺殼，你／捲起了我的愁潮——」。

注釋四：「三面紅旗」，指：1958年，中共中央提出的社會主義建設總路線、「大躍進」和人民公社，在1960年5月以前曾被稱作「三個法寶」，5月以後才被稱為「三面紅旗」。

「牆上下等的無線電開了」──抄廢名

既然馬雖無罪亦殺人（見《鏡》）
對著鏡子，我
忽起殺像之意（見《無題》）

自挂思維樹（見《花露》）
魚乃水之花（見《燈》）

人
一生一副好精神（見《淚落》）

善男子
花將長在你的海裡（見《海》）

2013.5.1

初
夏

那走動的人，是一個勞動的人
一個耳順的人，一個東莞的人
悠悠歲月，「可是急走過，又不要放過」？

蚊子乎，猛風乎，落柿舍畔
草不渡秋，花不渡季，人不渡百歲
……

天氣暖和了，身體露出來
什麼，長沙躬耕，趙州蘿蔔？
什麼，光是個發聲，就有一個世界要出來？

2013.5.14

晨讀《洪範》

星有好風，星有好雨，而魚兒游在光陰裡
殷精緻，周平易，光陰裡的人呢，去了哪裡⋯⋯

因為步兵是農業的；因為每晚你的童年有錫兵
還記得嗎？吾兒，不遠處有一個花園

誰在說，聽下去，又一夜：

2003，安徒生！2003，月之從星，則以風雨⋯⋯

2013.5.15

油膩膩的

枕頭是油膩膩的

席子是油膩膩的

面巾是油膩膩的

杯盤是油膩膩的

抹布是油膩膩的

黃臉是油膩膩的

……

灶台窗戶書桌板凳

白菜蘿蔔蠶豆香瓜

春天夏天秋天冬天

南方北方西方東方

一切都是油膩膩的

連馬桶蓋也是油膩膩的

2013.5.17

登雙照樓——懷汪精衛

1944，日本之秋若春，為何？為何梅花驚艷！
是那含羞的病人愈發謙遜，憶起杭州的一天？
煙雨裡，你在探春——小姑姑鬢影落春瀾。

劇痛——年輕；劇痛——溫柔；在名古屋
風惜殘紅，雨培新綠，又是一番江南天氣。

光景顛倒，瓷器窯變，國運亂變，人命關天！

「志士無一物，欲使天下一。」多年後，他說
竹籃打水，日復一日，詩的風姿也是空的風姿

2013.5.23

注釋一：「小姑姑鬢影落春瀾」出自汪精衛詩歌〈曉煙〉：初陽如月逗輕寒，咫尺林原成遠看。記得江南煙雨裡，小姑鬢影落春瀾。（見汪精衛《雙照樓詩詞稿》）

注釋二：「風惜殘紅，雨培新綠，又是一番江南天氣。」出自汪精衛詩詞〈探春慢〉：風惜殘紅，雨培新綠，又是一番天氣。淺草鳴蛙，浮萍聚鴨，各有十分生意。誰道春歸了，看滿眼芳非如此。空憐啼鳩多情，聲聲為春憔悴。（見汪精衛《雙照樓詩詞稿》）

注釋三：「志士無一物，欲使天下一。」出自胡蘭成題
　　　　詞（參見胡蘭成《心經隨喜》，小北譯，如
　　　　果出版事業股份有限公司，大雁出版基地，
　　　　2012，第60頁）。

此刻（抄馬鳴謙譯奧頓《戰爭時期：十四行組詩附詩體解說詞》八句）

此刻，這個如花朵般隱忍的民族
裝備齊整只為將痛苦引發！

此刻，某處的生活意味著噩耗
──南京；達豪。

此刻，當他在小酒杯裡找到了自信
你就在床上創造出自己的未來。

此刻，我們為古老的南方嘆息
為那些溫暖坦蕩、天性沉著的年代。

2013.5.30

胡蘭成之四方風動

風即是樂，即是仁，也是元。

——胡蘭成

鐵腳班班……是風
革命是風
而天下是一個風姿。

《說唐》之風吹
瓦崗之風吹
單雄信的名字真好

仙氣的風，貴氣的風
兵氣的風，妖氣的風
如果金瓶梅沒有風？

金詩只有一個元好問
亦缺少一個風字
但小孩有太極的拳形

快哉此風，楚王！

因文章先要有作者的相貌好
因東洋已有了朱色明麗與紫色深艷

2013.5.31

注釋：「快哉此風，楚王！」參見宋玉，〈風賦〉。

胡蘭成在日本

「花心水心女人心。」蘭成，你說
這是日常的漢人生活……

風過水面，那風兒托起了微波，
陳辭……是嗎？陳辭……

調可遊戲，旋律可讓人不得解脫
而疑是信的跌宕自喜，頑皮。

政府大雅。細民小雅。
猛暑──酷吏。政治呢──遊春。

南斗注生，北斗注死，蘭成，
在東京，在清水，我們契闊談讌

當你側過身，以嫵媚的左肩聆聽！

2013.6.3

譯事（1841）

吳淞口，翻譯是專門的學問
勿鬆口，讀張喜《撫夷日記》

馬儒翰呢，璞鼎查呢，耆英呢
臉欲說，不宜看，在香港嗎？

不。在寧波，我們總得說點什麼

2013.6.4

有事無事

「春水生而巨艦輕」，何需費力！
有事，日人爛漫的春氣要由我來開端

重慶──芝加哥；淺草──夫子廟
無事，李朝威《柳毅傳》適於火車上看

雞聲茅店月，蕩子心事重……
錫蘭，亂世良辰天，我們為何而來？

2013.6.5

某人的今生與來世（為胡蘭成而作）

酒吃驚，酒壓驚，不侫做人只有今生？

（侫不一定奸，但是一個漂亮相宜的人）

世間闊，知音少，1949，我還在溫州亡命

夏天難熬呀，暑夜漫長，我寫來納涼詩：

明月亦辛苦，甌江有安瀾。

百年豈云短，急弦不可彈。

且與鄰婦話，灼灼雙金環。

小院風露下，助其收羅衫。

可能嗎，2039年，另一個新的夏日

晨來薄陰欲雨，那漂亮的新亡命人呀

你在看另一個風露下的小院；晨風

吹拂著她的耳環，也吹拂著細繩上的羅衫

2013.6.6

葷油麵後作

——因胡蘭成而寫兼贈茱萸

渡漢水，離虹口，轉杭州，入甌江
出亡是一件大事，但也就一個包袱
一兩金子，一個人。（1945-1950）

亡命，越危險就越年輕；
身手，越果敢就越英俊。

而歲月惟驚於撒嬌，驚於熱戀；
驚於風，驚於秋冬，驚於陌路人

誰又會想到呢，2013年，虞山下：
「有不速之客三人來，敬之則吉」

當我們樹裡聞歌枝中見舞，吃罷一碗葷油麵

2013.6.10

燕子來時，春人常聚

燕子來時，春人常聚
直到初夏……

革命者是孤寒的人
白相人是繁華的人
你愛生氣，歸於自私的人

剛看到一個新死人呢，
我並非就有無常之感

雞犬在山水之間
櫻花在水泥側畔
痧藥水恰好就在手邊

直到初夏……
燕子來時，春人常聚

張智在揚州
李冰在揚州
而非林古度（1580～1660）

（酒罷，茶歇）

漢人的精神真是述而不作。

直到初夏……

燕子來時，春人常聚

2013.6.12

秋千

秋千一滑而過，白天（或黑夜）
孩子們為練習告別，盪起了秋千

（大人們為歌唱在學習安靜）

盪起來，平壤？盪起來，江州？
盪起來，傳說中金瓶梅的某一天：

一個日本女詩人幻想了她的死亡
——她的身子從秋千上摔下來

秋千——花園裡——養老院——生活的剪影
秋千——光陰——不是我的——你的童年

涼風、垂楊，秋千競出……
亂紅無限，飛過秋千去……

幸福，秋千清晨還鄉的跌宕；
蝶戀花下，平山堂前晚酒的記憶：

空曠一時的秋千呀，你將容下多少娉婷的身體

2013.6.13

論燕子

燕子飛過時有一股中午的味道。
這句話是誰說的？我已想不起來。

（我似乎忘記了想說什麼，
失明的燕子已飛回昏暗的殿堂……）

命運遼闊，生活瑣碎……怎麼辦？
葉芝就「沉思一隻燕子的飛翔，
沉思一個老婦人和她的住房。」

水彩和肉這樣的詞讓他心驚肉跳。
還用說嗎，此句當然與燕子無關。
……可我在人世亦好像那燕子。

可赫塔・米勒的笑聲，很硬呢；
可在宋朝，燕子來時，綠水人家繞。

2013.6.14

春之外

熱是孤獨的，夏日晨光晃眼，早風吹面⋯⋯
為什麼你感到有一個遠東主義的鐵黎明在到來？

因為歐洲的「楊樹不允許人們在冬天有幸福」。
因為〈傷心賦〉裡的秋天，風無少女，草不宜男⋯⋯

2013.6.14

讀《醋栗》

一具屍體只需一個墓穴
一個活人卻想擁有整個地球。
我那稅務署的弟弟呢，已退休
日復一日在草地上喝著白菜湯。

要是他小小的莊園沒有醋栗樹
該怎麼辦？簡直無法想像！
他還能賞出他內心的驕傲嗎
——那可怕的半桶伏特加？

「鄉村生活自有它舒服的地方，」
你常說，「在陽臺上坐一坐，
喝一喝茶，自家的小鴨在池塘汹水，
各處一片清香，而且……而且醋栗成熟了。」

2013.6.19

薩特在威尼斯

薩特在威尼斯感到窒息
還好，他沒哭，只是憤怒

憤怒使他以鐵肌肉疾書
一個穿越的威尼斯世紀：

四百年什麼也沒有，
這段生命被吞沒了。
幾個日期，幾個事件，
然後就是以前傳記作者
不合時宜的絮絮叨叨。

那麼又該談誰呢？下一個是誰！
當然是我的兄弟——
小染匠雅各布・羅布斯蒂！

我的威尼斯共和國從他開始。

2013.6.22

褒曼

這來自北方的狄亞娜只屬於北方
屬於破曉前的藍雪
屬於黑暗中的樺樹
屬於烏雲下的波羅的海

是的，「在美國，人是永遠不會死的。」
是的，「機遇，容易得讓人難以置信。」

但我還是瑞典的女兒
我喜歡住在祖國的鄉間
早起、讀書、清理房屋
對了，還要給狗兒洗澡

這是我的樣子嗎？等等
有一個人竟然說（忘了是誰）：
「褒曼是波德萊爾式的。」
……

我「看著運河，枕著小舟，浪迹江湖。」
我的老年，我的舞臺，我的命數……

是的，我老了的臉上帶著少女的笑容；

是的，就這樣，我的形象一下子就出來了。

2013.6.23

夏日讀杜拉斯

瑪格麗特在廚房縫衣服
天花板上吊著一個燈泡

書是黎明，日記是黑夜
她越特別，其實越普通

怎麼還是無用？但有時
一杯茶而非酒就會革命

浴缸是具白色的小棺材
自由童年則是貧窮童年

有人強大到自殺
有人卑賤至傲慢
有人憂傷如階級

人平庸，人寫作，人恥辱
夏天，生活的幻覺，令你害怕？

2013.6.25

童年

童年，不斷的迴光返照，黎明前的史詩
敘事滑翔：聲音、形象，白色與黃色！

以及下午、篾席、痱子粉、陰涼的樓梯
以及乳房（來自北方）──唯一的夏日

以及交集的、幻覺的、晴朗的勾股定理
逃跑開始，剛一放學；之後……

（白日，一條蟒蛇吞下一隻母雞
夜晚，七十歲的女校長愛上了自己的裸體）

之後，饅頭、饅頭、饅頭，僅需一個
之後，閘門迎刃而解，在大田灣小學食堂

七歲的烈日下（蚊帳裡，老師濃睡）
快去那水的瀑布呀，人人都可以自由暢飲！

2013.6.25

南亞、東亞

雲之南，多彩

獸性的遠方

男青年迷路

智力迷路

少女們話少

她們自己玩

耐熱、淋雨

河裡洗頭、洗澡

反應力很快、很快

再往南，偏西，

《印度之歌》：

你又聽到了什麼？

她在哭。

並不難過，是嗎？

是的。

麻風，心腸好。

痛苦後面，麻風

打倒悲哀

打倒大使館花園

無產階級
在血盆裡抓飯

作家——入殮師
也是馬克思的學生
寫，開心吧？
開心，可雞姦者從我們這兒
奪走了這個詞。
開寫，就不會死
開寫，總有人將死

馬克思，1921
馬克思，1958
2049，人們會重新發現
熱河，發現
共產黨員自有一種
高音的嫵媚

在世界的盡頭
幸福就是失去；
而私生活
你說過

與世界之死無關；
但魔法一種（未知）
將從朝鮮開始？

2013.6.26

南京，1988—1992

南京，我記得，我初逢於山楂，一條沙路多麼乾淨；
15年前，來自雲南大學的美人，夫子廟、明故宮、
植物園、梅花山、衛崗、板橋！我們再也無法相見。

南京，我遇見你，一間語音室，冬天，幼年的耳朵！
你，1982年英語的朝氣，你天生就適合我的身體……

南京，最後的晚餐，我記得那送報人不說話，吃
　　飯快；
我記得那體育老師醉倒一棵秋夜的樹下，醒來便是
　　黎明。

2013.6.26

小職員的一生

二十年前，在繁華的上海
我還是一個郵局的小職員

謄抄外便用膠水粘牢卷宗
伏案很好，細瑣安靜
尤其是我的痔瘡樂於常坐

後來，我去了高郵閑居：

雙黃鴨蛋，界首茶乾，
三套鴨，秦郵董糖⋯⋯
生活讓歲月悠然慢了下來

雨天一過，又是大晴天
缸裡的金魚看上去真舒服呀

我的痔瘡消失卻感到了空虛

2013.6.29

我幸福

——跟馬雅可夫斯基學寫詩

說來你也不信，有一個人愛上了蒼蠅的肥臀。
之外，他朗讀《向左進行曲》，朝莫斯科房管局；
之外，他思考突擊隊——突擊車間——突擊工廠
用集體農莊的大進軍向地球奪糧（五年計劃）。

既然波蘭一切都很便宜，來自敖德薩的詩人呀
就莫談錢，只接吻；八點、九點、十點、十一點
……之外，與其糊塗喝燒酒，不如去種個牛痘，
吃菠蘿蜜，嚼燒松雞；看末日到了——資產階級！

喂，波浪工會，我瞧不起富農的小搖擺傾向。
我的憂愁僅僅是買不到一雙結實、漂亮的襪子。
還好，柏油路多麼乾淨，像鴿子的良心。
還好！我們崇拜跑步，心為我們敲鼓。

沒有鐵，共產主義也受不了？還好！我們在
庫爾斯克挖出了鐵。順便又為蘇維埃收穫了甜菜；
蔬菜和關懷治好了眼睛，它睜得溜圓注視著革命：
……用光明和鋼鐵建成公社，合作社的翅膀硬了。

厚嘴唇的車胎捲起了灰，汽車送代表們上紅樓開會
階級喝起酒來也不示弱（屁股大？存在即飲食）

政治多、會議多、酒更多，努力克服一種寂寞
（冰島史前期的寂寞）穿上幹部服，披掛功勳章。

森林永恒，人要衰老，誰開喝鳳凰奶？別急呀！
我幸福，除了一件乾淨襯衣，我不需要別的東西。
我幸福，一個歌唱開水的歌手，他與生水為敵。
我幸福，公民們，告訴你們吧：我今天戒了煙。

2013.7.6

南京抽象地圖

桑葚還是覆盆？暴雨中我在想……重慶上清寺特園一條道路，1963年，夏天，桑葚是紅色的（暫時忘了覆盆）；在清晨，饑餓的女兒？但沒有引號；在下午，一個小學生，但是男的。

——小引

2013，7月10日下午，16點45分
直接就是浦口，就是遠行，向北方

放鬆些，莫緊張，回頭望（從成都）：

六合住著體育老師（倒頭神，你懂）
江寧有我的一個農學生（張靈甫？）

鼓樓——一個無事的下午，火車票？
橘紅的燈芯絨，茶，一直喝到天黑

張鳴——棲霞寺；溧水——毛景東

而微博說抽象就是精準（巴松的家）

而微博說抽象也可以是落葉（韓東）

2013.7.10

無處不中國

「船在海上，馬在山中」是西班牙嗎？
不。是1917年的民國（謝閣蘭筆下）

人活城裡，骨埋山中，剝來的仍是中國。
不信，你聽，某個阿波利奈爾說：
「宗教單純！一如飛機場的大廳。」

聞到了，聞到了天然氣的味道，不是橋；
聞到了水幡幡、魚裔裔、風飄搖，在小區；

咳嗽宜於清晨，小孩墜於數學；老風裡
茶有鹽，星守之犬呢，難道真的優遊而無為？

2013.7.12

秋事，1956

涼空碧，增漢無陰，康拜因在華北平原工作。
你還需寫一封與支遁書嗎？哪怕抄一遍？

「此多山縣，閑靜，差可養疾，⋯⋯」

可勸進表不必，安身論亦不必；
恨賦不必，別賦不必；

光陰往來，三反、五反後，艷陽天下
哀江南賦還遠，康拜因在華北平原工作。

2013.7.14

注釋一：「增漢無陰」，出自張融〈海賦〉。「增」在
　　　　這裡讀著和理解為「層」，順理而來「增漢」
　　　　為「層漢」，層漢即銀漢，銀漢即夜空，「增
　　　　漢無陰」在此的意思，即夜空晴朗，或誇張一
　　　　點說，即曹操的「星漢燦爛」。（以上對「增
　　　　漢無陰」的理解完全依靠西南交通大學藝術與
　　　　傳播學院中文系教授，古典文學專家羅寧博士
　　　　的講解，在此特表謝忱）
注釋二：「康拜因」，一種蘇聯產的大型聯合收割機。

注釋三：「三反」、「五反」指：1951年底到1952年
　　　　10月，中華人民共和國在黨政機關工作人員
　　　　中開展的「反貪污、反浪費、反官僚主義」和
　　　　在私營工商業者中開展的「反行賄、反偷稅漏
　　　　稅、反盜騙國家財產、反偷工減料、反盜竊國
　　　　家經濟情報」的運動。

魚飛武庫時

對樹無風，但也有穿堂風來……

銷魂之地：橘入床頭，梅來鏡裡
人，直視無礙；

晚星下，我只想讀范蠡《養魚法》

唉，不樂損年，長愁養病，歡如之何！

矛盾！（並非玫瑰）

她每活一天都死去，在英國？不。
人非新市，何處尋家？1959「浪下三吳起白煙」

2013.7.16

注釋一：魚飛武庫：《魏志》曰：「嘉平四年夏二月，
　　　　魚二，見於武庫屋上。十一月，詔王昶等征
　　　　吳。十二月，吳大將軍諸葛恪拒戰，大破眾軍
　　　　於東關，不利而還」。又《王肅傳》曰：「有
　　　　二魚，長尺，集於武庫之屋。有司以為吉祥。
　　　　肅曰：『魚生於淵，而亢於屋，介鱗之物失其

所也。邊將其殆有棄甲之變乎？』其後果有東
關之變。」（該注釋由周東升提供，特別指
出，以表謝忱）其餘諸多句子散見於庾信諸
文，不必一一指出。

以下兩段注釋，為茱萸所作（繼續指出，再表
謝忱）：更新的詳細來處，當是庾子山思舊銘
（可與向子期思舊一賦參看），「況復魚飛
武庫，豫有棄甲之征；鳥伏翟泉，先見橫流之
兆。」用的就是魏志的出典。「魚飛武庫」這
四個字最核心的意思，還是王肅的判斷：「介
鱗之物失其所。」非是吉兆，乃是警示。

武庫，兵府者，魚有鱗甲，亦是兵之類。魚既
極陰，屋上太陽，魚現屋上，象至陰以兵革之
禍干太陽也。干寶的《搜神記》上也說到這
個，期間更引京房《易妖》中之說作佐證，可
參看。

注釋二：「人非新市，何處尋家？」如下是羅寧教授專
為「人非新市，何處尋家？」寫來的文章〈新
市和新豐〉：

「人非新市，何處尋家」句意。檢庾信文為
〈為梁上黃侯世子與婦書〉，下句乃云：「別
異邯鄲，那應知路。」倪璠注但言江夏有新
市，復引《漢書》注邯鄲道事：「上（文帝）
指視慎夫人新豐道，曰：「此〔走〕邯鄲道
也。」張晏曰：「慎夫人，邯鄲人也。」
（《庾子山集注》，中華書局，589頁。）而
於新市之典似失注。

余考索尋繹，疑新市即新豐也。新市之名，唐
前詩文中偶見之而皆與長安相關。如古樂府
〈長安有狹斜行〉：「君家新市傍，易知復難

忘。」梁元帝〈縣名詩〉:「長陵新市北。」
長陵乃漢高祖墓,在今咸陽東,亦長安之地。
沉炯〈長安少年行〉:「去來新市側,遨遊大
道邊。」然史書中不聞長安有新市之名,長安
舊有九市之說,亦無新市。(《三輔黃圖校
注》,三秦出版社2006年,110頁。)言長
安者復喜道新豐,如陳後主〈長安道〉:「遊
盪新豐里,戲馬渭橋傍。」陳後主〈劉生〉:
「游俠長安中,置驛過新豐。」張正見〈怨
詩〉:「新豐妖冶地,游俠競嬌奢。」是新
豐、新市二地名均與游俠、俠邪之事相關,豈
云巧合?庾肩吾〈長安道〉云:「遠聽平陵
鍾,遙識新豐樹。」以新豐與平陵(昭帝陵)
相對,其子庾信〈謝趙王賚絲布啟〉則云:
「遂令新市數錢,忽疑敗彩;平陵月夜,驚聞
搗衣。」復以新市與平陵對,可知新豐、新市
一事也。(倪璠於庾信啟注亦失當。《庾子山
集注》568頁。)
若此猜想成立,則「人非新市,何處尋家」亦
用慎夫人之典故,言慎夫人非新豐之人,故不
能於此地尋家。(恐亦暗用高祖作新豐之典,
《西京雜記》卷二:「高帝既作新豐,並移舊
社,衢巷、棟宇、物色惟舊。士女老幼相攜路
首,各知其室,放犬羊雞鴨於通塗,亦競識其
家。」)下句「別異邯鄲,那應知路」蓋謂蕭
愨(即梁上黃侯世子)妻與蕭愨之分離,非同
慎夫人之離家,故不能尋路而至。此一聯上下
句皆謂夫婦分離而不得見也。
王右丞詩有二名篇,皆與本文有關,雖唐詩
不足以為子山證,備參可矣。〈少年行〉:

「新豐美酒斗十千,咸陽游俠多少年。」〈觀
獵〉:「忽過新豐市,還歸細柳營。」
又按,徐孝穆〈玉台新咏序〉中有「潁川新市
河間觀津」之語,舊注皆不能詳新市所指,余
意此新市亦同新豐,與潁川均泛指大姓豪族之
為外戚者也。說詳別文。

注釋三:「浪下三吳起白煙」見毛澤東詩《七律·登廬
山》。

之外——兼贈黃慰願

一條路——謫貶永州，歸老蘇州，之外
便沒有了路；人的故事可否從衢州開始？

臨風亭畔，水白池圓，退思……
魚相忘於江湖，人相忘於道術。

之外，春生於加拿大，生於稅務局
生於笑坐，生於梅乾菜，生於半醉眠。

之外，人老了，身上就會有一股尿味。
自己的，總是好聞的，我還喜歡蒜味……

黎明林古度（1580～1660）又入我夢來：

在2011年2月4日的成都日記裡
我抄下了：鶴訝今年之雪，龜言此地之寒。

2013.7.17

魚緣

有時候飽食觀魚不在花港
宋朝以後無人再吃龍團茶

有時候魚在燈前揮發銀光
風不停地從石頭裡面吹出

有時候我看那魚眼像豬眼
中風人身體就突然變嶄新

有時候魚群如豬群擠一堆
留不住，江東小，有大道！

2013.7.18

如畫蘭成

江山如畫處
回首夢亦非

逍遙遊八大洲
書勢天氣

你在日本
畫中國夢：

壽梅如畫
幽蘭如畫

觀月如畫
懷人如畫

鳳鳴朝陽如畫
和靜清寂如畫

天地之始如畫
天外游龍如畫

人之精神如畫
玉帶金魚如畫

憂愁風雨如畫
蛾眉乃伐性之斧如畫

2013.7.19

斯德哥爾摩遺事

病來春懶不宜於北歐。但某個人
在Stockholm, Scandic旅館驚動了
另一個人——小數學地行仙

客問生死，竹報平安，在瑞典
魚哭李甲，魚笑李娃，在瑞典

海鷗乎，沙鷗乎，少年心事如雲
等等！杯渡不驚鷗，錫飛常近鶴

豈有《怎麼辦》——等等！
——我們的車爾尼雪夫斯基
海水中的懸崖墨黑，中餐館雪亮

等等，大使！茶、茶、茶，而不是vodka

2013.7.20

注釋一：《楞嚴經》曰：「眾生堅固，服餌草木，藥道
圓成，名地行仙」。

　　　　顧況〈五源訣〉引述番陽仙人王遙琴言:「下
　　　　界功滿方超上界,上界多官府,不如地仙快
　　　　活。」
　　　　蘇軾〈樂全先生生日以鐵拄杖為壽〉:「先生
　　　　真是地行仙,住世因循五百年。」
　　　　辛棄疾〈水調歌頭〉:「上界足官府,公是地
　　　　行仙。」
注釋二:「杯渡不驚鷗,錫飛常近鶴」出自杜甫〈題玄
　　　　武禪師屋壁〉。

吹簫

美——森林中——隧道（宮崎駿）
路邊——虎頭風——顧愷之……
眼前江山——夢裡布鞋……

事無事處，材不材間，說，你說！
閑愁最苦（辛棄疾）

命運：豬！
命運：魂驚湯火命如雞（蘇軾）！
命運：此地生涯，玉人何處教吹簫（杜牧）！

2013.7.21

廁水如藍

黑人：白人有屍體的氣味。
白人：黑人有糞便的氣味。

難道對尿也要收稅？
雨稅更多

（秦朝而非清朝——
偉大的羅馬也是偉大的蘇維埃）

醫生發來報告：
橙子花夾心糖隨大便化為烏有

中國，當心！日本人灰白，不是蒼白！
印度，當心！他昨天剛成為包皮收集者。

2013.7.27

糞
論

一、

小橘子、麝香囊、母山羊、糞蛋
糞便來自純潔、健康的青春身體
那恰是回歸到肛門狀態的糞便。

上乘的糞便製劑，美人並不吃它
只用它來清洗自己的身體；毛孔
吸收著男性的香氣並傳遞給皮膚

二、

糞便始終是上帝的一個片斷，它
使人淨化；它張揚的精神是
身體的一塊靈魂，從體內脫落。

在埃及、在西藏，在人神之間，
糞便已被遴選；這點，康德知道
衛生知道，唯物論、資本家知道

三、

沖走它、消毒它；同時邊沁說了：
「你們要記得，我們不會造成
虧損。它應當充著糞肥。」鐵律：

資本主義從一切事物中獲利。
造物等級的頂峰、宇宙的能量，
糞便！肥田之力及品質無與倫比。

2013.7.28

說明：材料來自〔法〕多米尼克・拉波特著，周莽譯《屎
的歷史》，商務印書館，2006，第107-121頁。

「宇宙這堆宏偉的大便」

你本塵土，仍歸塵土……
生命就這樣循環：

一半營養一半排泄；
一半生產一半消費

工業回農業，農業轉大糞
而生產就是撒尿拉屎

傅立葉說請給我糞肥啊。
布朗基說每個人按需分配。

糞少，社會主義怎麼辦？
極權主義登場：

嚴謹地收集你的糞便吧
把它當作成果交給國家

2013.7.28

說明：材料同上，第133-139頁。

胡蘭成的殺氣

夜氣裡夜來香，銀漢無聲

色情在勞動，裸體流逝
……一扇長窗開向庭院

煩憂，我青春時節的風騷

浮世如花，恒河沙數……
祇園的鐘聲，亦無常……

我步步有劫，天道驚險：

我雖生無惡，而命有惡；
我的生命秒秒都是新鮮。

（我思想，就有雲外遠雷
我清堅，便能衣食無憂）

知道嗎，不丹，仁波切！
大劫前，蠶有四眠小劫。

知道嗎，我天生殺氣

我每刻以知性之姿面對天機。

2013.7.30

周越然小相

銀梨花下有一個藏書家周越然
每頓飯喝啤酒十二瓶或黃酒六斤

他的學生戴天仇、陳果夫、陳立夫
最歡喜跟他念《模範英語讀本》

他譯的英語也最有意思，且看：

love（女人戀愛）——攄夫
kiss（親吻）——開始
impotent（不舉）——鶩不登
castrating（閹割）——割勢折丁
flagellation（鞭撻）——福來吉星
eroticism（色情）——意樂提神

2013.7.31

數　天數、氣數、劫數……
革命者乘時起運，不差毫釐

奇數、偶數、無數
「數是物之量之景」

數──雪花六出
數──梅花五瓣

正數、負數；複數，虛數
自然數、有理數、無理數
……

數，跌宕自喜
數，熱鬧好玩

文章之數，建築之數
器皿之數，書畫之數
漣漪之數，雲霞之數
……

數知性、數冥想
數音樂、數舞蹈

在吾國,數是孔子的
數是秦漢的
數是北魏的、宋的⋯⋯

數──動乎險中;數──大亨貞。

2013.8.1

興之風

朝霞裡吹著朝風，那是詩經的興。

幸甚至哉，歌以咏志⋯⋯

（比——橫波，賦——縱波）

雲之海，山之樹，月之影⋯⋯

風——王風——井田禾苗吹來的風

燕燕差池其羽，寒暑宜人心意

之子于歸，宜其室家⋯⋯

2013.8.1

蕩子心聲

往事霸圖如夢，小桃一樹初開；
早春星，築波山，清涼山呢？
人在哪裡！太平洋湧起，我久久佇立……

柔情神宮，我想留下做個掃地人

柔情南京，1944？掃葉人曾在掃葉樓前。

2013.8.2

革命要詩與學問

革命行動是《詩經》的所謂興。（胡蘭成）
若是沒有了革命，就沒有學問。（孫中山）

一、

燕之北，越之南，人在銀河裡？
人也在南京，石婆婆巷裡──

一株古樹下，行坐之美──太極！

二、

革命之儀表，賓至如歸，在臺灣

你說：男人是光，女人是顏色
你說：女心深邃，男人知之不盡……

三、

一種美，五常如數學，王氣雜兵氣
一種美，我不是宋儒，是六朝蕩子

日面佛，月面佛，人間有嵊縣的戴笠

2013.8.4

天涯道路

天涯道路，1947，那趕路人愛惜起眼前人來

從永嘉的報紙識得一些名字……瞿時媚嗎？
劉景晨、張紅薇、吳天五、夏瞿禪……

杭州的小旅館，五月之晨，莊子打開在桌上
那趕路人身負量子論、相對論、政治論

天地不仁是黃老，那趕路人想起了孫逸仙；

一個夜晚，孟浩然的詩宜於在曹娥旅館裡讀；

七月流火，廚川白村的書，上虞有一份人家等著。

2013.8.5

致山西

光——橫波；聲——縱波；熱——閻錫山
（水利、種樹、蠶桑、禁煙、斷辮、天足）

臉白了，臀笑了；有犯調，就會有人犯錯？
並刀如水，紡織繁華，警察們及其道路⋯⋯

在山西，蔚藍的佛教勿需赤腳醫生手冊；我們
是風，開出了唐朝，開出了民國，開出了秧歌舞

2013.8.7

在英國

人人都過著自己的神仙生活
宛如漢人掃門前雪，懶管他人瓦上霜：

庫切之春，1962，
嫉妒是種過時的感情，我豈識得運動派。

拉金之夏，1963，
性交開始於這一年，只是對我已經太晚。

龐德之秋天，1915，
他走著，沿肯辛頓花園小徑的黑鐵欄杆。

韋利之深冬，1956，
吾愛白居易剛走，幽途又迎來了袁子才。

在英國，肉感陌生，她來自八十年代的大連？

2013.8.13

消磨

讀報是一種消磨
工作是一種消磨
跑步是一種消磨
……

反而飲酒是勞動
勞動，不是消磨

（酒勞動陶淵明
酒勞動龜雖壽）

無用之人襄陽客
肺渴太甚皮日休

豈止你名字難聽！
因為你日日消磨。

2013.8.14

庫切的童年

母親掄刀剁肥牛，滿手浴血
母親跨上自行車即變為少女

母雞的烏爪腫脹得像大象皮
女老師鞭笞男孩含羞的屁股

穿鞋可恥，赤腳磨破皮更可恥
我頓被同學孤立，身後唯有母親

2013.8.16

辜負

老人們責怪肉體，孩子們恨罷童年
男人倦於寫作，女人倦於戀愛

她中年的肚子著涼了，發出汩汩聲⋯⋯
我在想，我讀會兒書，我打會兒盹⋯⋯

媽媽，我早已開吃煮得稀爛的食物
媽媽，你不會死的，你將永遠活在我的渾身。

心跳，她不停地問：為何心跳？心跳要把人怎樣？

2013.8.17

姐妹與氣味

絲瓜，論語──姐妹
字典，飛翔──姐妹
巴黎，皮膚──姐妹
……

安東・契訶夫，你的三姐妹

餿茶，晨尿──氣味
煤油，頭髮──氣味
牛糞，橘子──氣味
……

悲哀的幸福的出神的，氣味呀

2013.8.18

越南歲月

越南，我的中心我的耐心
你人性的一切，我已瞭解：

赤色分子吃了藥在囚籠裡
念念有詞的矮子在角落裡

屍體被切開，肝腸被拽出
特種兵貝利手提兩顆人頭
越南母親哭著用麻袋領走

在越南，人，黑壓壓一片
沒有單個，但有一本書：
共產黨神話與集體凝聚力

安南虎1955，吳庭艷妖嬈
西貢軍樂粗俗，口號震天！

越南計劃，庫切著，1974：
B-52豪奢轟炸，越南人節儉

暗殺，各個擊破分而治之；
團體崩潰，頓作亂飛的黃蜂

誰為越南付出？一個隱喻

——蕭邦，1980，鄧泰山：

悲哀之創傷，越南夢女人夢？

2013.8.19

注釋一：吳庭艷（越南語：Ngô Đình Diệm，1901-
　　　　1963），越南順化人。1955年10月建立越南
　　　　共和國，並就任第一屆總統。1963年11月1日
　　　　被政變軍人處死，終年62歲。

注釋二：鄧泰山（1958-），男，越南華裔鋼琴家，中
　　　　文名又譯鄧泰松，1980年獲得第10屆華沙蕭邦
　　　　國際鋼琴比賽第一名，他是第一位獲得此獎的
　　　　亞洲鋼琴家。順便說一句，鄧泰山的父母都是
　　　　職業鋼琴家，父親還是一位越南先鋒詩人。

南非往事

──因讀《雅各・庫切之講述》而作

水面，南非，亞熱帶落日
一盞馬燈，兩條毯子……
霍屯督人在游泳

烏紫的龜頭閑著
陰莖懸垂，三寸四寸五寸
避水！扎緊那包皮！

荷蘭人的臀部會長癌嗎？
腫脹呀，肥沃的白肉
它的原子成分？

手指輕撫，一陣瘙癢……
紅木波浪，舒適的夏日
柳蔭下，炸螞蟻

羊腸圍巾唯一，纏繞著脖子
在南非，我們豈缺過
煙草，白蘭地，大象的心

2013.8.19

醒來

「好像她現在比她的牙齒年紀還大，
她有著比她大腿還年輕的頭髮。」

那母豬的小姐臉呢？
不。蜂蜜呢？亦不。

成都人吃牛頭，南京人讀書，蕪湖人抄星
……

可惜冬天沒有激流呀
東漢的耳，榆樹的風，挪威的白……

黑狗紅濕的陰莖在滴水……

園丁在涼亭那邊，鵝蛋！
醫師在草藥那邊，南瓜！
女食客在糟魚那邊，幽玄？

小心，綢衣；小心，波斯人乾了的月經。
小心，柏林！小心，馬雅可夫斯基環形道！

2013.9.4

桉樹的氣味

晚夏濃雨明亮，桉樹的氣味
壓倒廁所牆角潮濕的白石灰

一種古重慶的初中生活方式
在山巔，那氣味持續到畢業

歲月，記憶淡去，飯後刷牙
我的愛國和衛生，綠紗窗麼
蒼蠅！豈止青春才便後洗手！

2013.9.5

博愛

一個星期六，又一個星期六……
我或我的胸脯去看望那垂死的老頭
他宛如兩歲幼童，不知道恥辱

愛哭（老人都愛哭），太容易了
沒人關心，我留心他切除的喉嚨
那個黑洞，被一圈白紗布包裹

一個星期六，又一個星期六……
我坐在他床邊，下午涼意繚繞
深秋，我坦露出微微發抖的乳房

「讓我款待這老頭一回吧，為他的
星期六……」，我開始撫摸
他那灰白的陰毛，極輕，極溫柔

我含住了他細軟的陰莖，吮著
「那氣味，老人下體的氣味……」
「這樣的插曲是否只是一些洞孔」

性愛？不是；口交？不是；詞彙等著
要描寫這場面；等著，直到基督帶來
這個詞：博愛！但他人會怎麼看？

菲利普（老頭）早已灰飛煙滅，風中
「我青春時代的姐姐啊，你可別死在
異國他鄉，可別一聲不吭地把我拋下！」

2013.9.7

*改寫自庫切《伊麗莎白・科斯特洛：八堂課》之「第五
課　非洲的人文學科」

遊澳門

——贈姚風

一幢小公寓稱之為大廈「如德」
一個鐵皮小屋也叫「泉明樓」

斜巷多，唯有瘋堂斜巷（吾愛）！
樹多，唯有婆仔屋裡兩株樟樹！

沙丁魚，像一塊舶來的肥皂
永利，那好聽的名字來自美國

海南蒲桃、假菩提樹、大葉合歡
賈梅士、葡國魂，請聞我的鮮花

熱，釉裡紅纏枝牡丹紋玉壺春瓶

熱，還用問嗎，夏天的鄭觀應！
盛世危言作古，1893年作古

我們行走在熱乎乎的亞婆井前地

2013.9.12

風從德國來

一

守門人坐著是一種工作（有關察看）
讀書人寫著是一種工作（有關集中）
焚屍人燒著是一種工作（有關翻攪）
⋯⋯

死，令人恢復元氣的的死，中國鴉片？
至少，平靜、鬆弛、神秘、極樂⋯⋯

錘子打著、煙斗燃著，鐵指甲閃亮著
⋯⋯

二

尼采之《曙光》，性欲之集體所有制！

阿拉伯曲線、巴洛克渦形花樣，油。
他穿起浸泡了烈酒的皮鞋，狗怕嗎？

狂怒見水，帕斯卡；狂怒扎肉，針灸。

山楂花、柑橘花；麵包無花，大米無花

「鼻子與大腦在競爭，此消彼長⋯⋯」
音樂，那星球交媾時的呻吟聲，聽下去！

Karin！佛陀只能在法蘭克福，絕不會在峨嵋。

2013.9.14

在日本，舞姿幽玄

倭人自身有一種幽玄，當倭人舞蹈
潛質的骨、熟練的肉、皮膚的幽玄
對應著舞者的心力、習力和風力

當倭人舞蹈：老人體、女體、軍體……
燕兒已飛出門簾；三寸黑魚，在東方
新羅夜半艷陽天；妙花風，風姿花傳

行雲迴雪，非《愚秘抄》，當倭人舞蹈：
燒炭之幽玄、曬鹽之幽玄、砍柴之幽玄
蹴鞠之幽玄、腹語之幽玄……

象瀉呀，當倭人舞蹈起短痛的來世
我總是想起波浪日本、波浪物哀、波浪幽玄

2013.9.20

1968

風剛脫下一件壽衣換上了一件襯衣

海鷗是飛行的海王星，瑞典！

青春的皮膚莫碰，不真實；非花

非人，橡樹走在某人的影子裡。

1968，耳朵欲飛，兩小片翅羽。再見

重慶，我火海中害羞的父親；再見，

四海為家的人，當他正戳向一個巴西女人。

2013.9.22

兩個重慶人在美國

只要她一走動，就還是重慶
缺少了叢書，沒有了協會⋯⋯

莫怕，四海已騰起火鍋與錘子

看，紅燒肉！亙古不變
她聲音裡有這一貫的味道

繼續，回鍋肉還要回鍋嗎？
繼續，老媽豬蹄花再來一碗。

那太爺一個激靈，醒了過來
鳥兒睡去，牙齒剛磨完唐詩

你得帶著責任感去吃蘋果呀！
她說，她每天面對大海煉著化學。

2013.9.24

衛生

除四害是一個大的清潔衛生行動，是一個破除迷信的運動。

——毛澤東（參見毛選5卷，第494頁）

如果灰蒼蠅在點心鋪玩
如果麻雀的怕是矜持的

如果老鼠——鐵馬
如果《蚊子志》——西川

衛生不要安靜，1956？
衛生之經，當能抱一！

衛生即翻譯，長與專齋（Nagayo Sensai），
衛生即散文，羅芙芸（Ruth Rogaski）

衛生即日本國古井重波
衛生即天津的美利堅鄉愁

2013.10.15

冬鳥窺燈

衣邊雲霧，袖上塵埃，南泉之風
借來水之精神：1967，土橋，

代課老師的兒子還未染上錢癖

那黑巨人騰起熱浪，八點發抖！

笑起來，七歲的兒子，還是黑
那白呢，源自榮昌或者內江

抽一支煙吧，兒子的朋友，待

紅燒肉後，青春之歌，長大成人。

2013.11.3

莫斯科，上海（1934）

一

這是逮捕行動——
別抽煙，請吃糖。

莫怕黑，打開窗簾
「此人是在工作
需要喝點茶……」

請不要比較
——風衣是軍裝
——恐懼是希望

二

沒有人會介意
有時你說吹瓶
有時你說吹簫

春水面，晚山眉
一個哈欠，上海

關節炎！白薇！

欲找誠實卻發現了奢侈
正要朗讀卻淪入了睡覺

2013.11.6

蘭成與秀美

午後人靜，尤在隆冬
我倆剛安排了生活
一年，一兩金子⋯⋯

可總有什麼在消失（吾國吾民？）⋯⋯

竇婦橋畔，徐家台門
灶間泥地，酒罈盛米

外婆，笑嘻嘻；
外婆，招引了女兒無來頭之笑意？

我們坐下來，「看看倒是落位。」
可總有什麼在消失（今生今世？）⋯⋯

長凳一條，椅子一把
桌子雜於一（吃飯、梳妝、寫字）

溫州晚餐（今天）：
一碟豆芽，一碟吹蝦，一碟麻蛤，一碟炒雞蛋

可總有什麼在消失（山河歲月？）連同這昏黑長形
的側屋……

2013.11.14

小姐

我想請你放嚴肅點：空氣與情欲就是一切！

——埃爾弗里德‧耶利內克，1946-

有魚從水面躍起，發出清脆的聲響
聽聽，那釣者的腦筋正記下兩行詩：

那什麼是幸福呢（對於女人來說）？
那就是——她可愛的騎兵喜歡騎上她！

我來到世上，活著，或錯過，全憑造化
閃電——愛情！
愛情——偶然！
偶然——陰性？

「燈，你在哪裡，心靈已經醒來。」

小姐，快乘上飛機，跟上生活——
小姐，除了名字，你一無所有，那就想著未來吧

2013.11.20

相對論

愛是肉體的嗎？愛是精神的嗎？
其實是不同的消費者在消耗

為漂亮東西活，為不漂亮東西活
人，百年或寸陰，不外鞍前馬後

說五十步笑百步，不如說慢一拍
可那人一聽到聲音就奔向斧頭

有什麼辦法呢？是恒星出了問題？
醫生也找不出原因，她卻找到了幸福

2013.11.20

繡戶（因讀埃爾弗里德·耶利內克小說而作）

你在竹林中出彩，他在酒鋪前生輝
黑夜可怕，更可怕的是她要一個人

未來不祥，別驚，命運難得清閑
想想那「肉有營養並且很有耐心」

想想那人，想想媽媽正在大掃除

想想他把雞巴插入蘇小的嬌屄裡
嗯，慢些；雖然速度使身體更舒服

等等，大姨媽沒來怎麼辦？縮一縮
並非倒黴事不來都是好事。往下說：

何謂辭達則矣，請讓下半身自動回答。

2013.11.21

注釋：「想想他把雞巴插入蘇小的嬌屄裡」，參見埃爾
　　　弗里德·耶利內克《逐愛的女人》，譯林出版
　　　社，2008，第85頁，第145頁。

長長的

匈牙利燻腸長長的
法國乾麵包長長的

注意：
智利的版圖也是長長的

類推：
又有什麼東西不是長長的呢

大漠孤煙，長河落日！

午後
只聽他悠悠地噓一聲，
雙手把罐裡的茶葉掀一掀，
日子好長……

「怎麼轉眼就這麼晚了」？

冬天，晝短夜長，豈止瑞典。
夏日，晝長夜短，並非嵊縣。

2013.11.23

月之花

一

長椅安置的地方很是幽僻，濃綠撒下
周遭的丘陵地貌溫和，長滿了橡樹
夜鳥之音穿越密林，婉約而至

幽暗暖暖，溪水喃喃，陽光零星
小昆蟲香客般忙碌於花朵，熱熱鬧鬧，
內博思坦很歡喜。偶有不速之客上門來
可天黑前，客人都將離去，因內心有怕，
因島上出了一些事情……

是小白菊嗎？內博思坦先生，中午在慢慢流逝

二

是一株無名的小小植物。內博思坦開始朗讀
並給這株小小植物看許多圖片——
高樹、奇花、草原……成長吧，日復一日
可總有什麼東西在暗中潛行、窺察

夏夜，天空深藍，淺雲飄過，似游弋的巨魚
那無名的植物長出碩大的花蕾，日復一日
內博思坦面對它演戲、上課、扮鬼臉……
怪招不停，以催花開，可花就是不開

三

夏末，有一天，幾乎是一個滿月之夜
一小點光亮，接著又是一點，一點，一點……
飛旋而至，像顆顆塵埃，閃進了室內

內博思坦完全筋疲力盡，無心留意，早已入眠

第二夜，他突然看到了一個異景，那花蕾
在滿月下綻開了，若精美的雲朵銀塵般繚繞，
而花瓣的四周舞動著成百上千的光點……

2013.11.26

注釋：以上文字均出自張彙的譯文《月之花》（〔德〕
艾納爾·圖科夫斯基），江西科學技術出版社，
2010年5月第1版。

釣雲朵的人

一艘船是伸向大海的一截舌頭嗎？
這古怪的靜夜一片漆黑，風聲偃息
唯有喜沙草弓起身子，躲避著風暴
那異鄉人別船而來，步入這間荒屋

島上人震驚於這異鄉人及怪事連連：

突然，他用繩子縛雲將其繫於屋頂
突然，他讓魚群和海鮮從雲間滴落
突然，洗乾淨的肥魚掛上了晾衣繩

多年後，在更遠的遠方，異鄉人走進
另一間荒屋，每當清晨，他在那兒
捕捉雲朵，收穫從天而降的漂亮魚

2013.11.26

注釋：以上文字均出自張棗的譯文《暗夜》（〔德〕艾
　　　納爾·圖科夫斯基），江西科學技術出版社，
　　　2010年5月第1版。

沈啟無在1958

去年我活在興奮中；今回首才發覺：
很可能是我個人主義的大發展
很可能是我為進一步爭名奪利
很可能是我的資產階級世界觀未改
我說了反黨言論，歪曲了整風運動
1958，我在北京師院被劃為右派

但這對我的教育意義很大
我得以徹底檢查我的錯誤
除了在學校低頭認罪，痛改前非
在順義鄉下，我被農村的新面貌震撼：

農民意氣風發的新風格使我異常感動
我一面勞動一面為他們編寫農校課本
一面真正認識了「三面紅旗」的偉大

（有關詳情見沈啟無所寫的材料，已交李大為和劉
國盈）

2013.12.2

雀兒庵

在千峰萬峰中
在四時樹色裡
庵，方丈耳！

一燈滿光
一香滿煙

庵，
僧容席、容榻、容廚
客來，客坐庵矣

山田給粥飯
草葉給湯飲
蔬果給糗餌

庵矣，
雀兒庵

（金章宗幸此，

彈雀，

彈往雀下，發百不虛。）

2013.12.4

注釋：以上文字抄自〔明〕劉侗、于奕正著，《帝京景
物略》，北京出版社，1963，第291頁《雀兒
庵》。

Ada和Van：一種俄羅斯之愛

天才總是年輕的，夏天的；
需要九十年才能看清：

他們性愛的特性
以一種極具獨特的方式
影響了兩個人漫長的一生

她。億萬個男孩。（Nabokov）
億萬年時間之後，

突然

在一株斯里蘭卡的蘋果樹下
絲綢膏雨中斷，柏油發亮

真的是自然史！
他正值14歲半。

血氣方剛是破曉前的金星！

是維納斯嵌進了他的肉體！

2013.12.5

注釋：詩中楷體文字部分引自納博科夫《愛達或愛欲：
一部家族紀事》，韋清琦譯，上海文藝出版社，
2013，第66頁-70頁。

唇

唇，那圍繞著一個孔洞的兩片肉褶
（Nabokov）從粉紅到烏黑；

神秘的傷口（來自雲南）——
用於吃、用於吸、用於舔、用於說
也用於生育（除了美利堅）……

有一次那舌頭有糖漿，為什麼？
下午，那手腕的力量壓下，為什麼？

南京，已來到她的親吻期，八週，始於初春的黑夜

但（1989，不，1958！）

有一本挺厚的小型俄語百科全書只關注guba（唇）的
如下意義：位於古利亞斯加或某北極海灣的一座地
區法庭。

2013.12.6

注釋：詩中楷體文字部分引自納博科夫《愛達或愛欲：
　　　一部家族紀事》，韋清琦譯，上海文藝出版社，
　　　2013，第94頁。

延伸閱讀：
　　　寫完此詩不久，突然讀到舒丹丹翻譯的梅·斯溫
　　　遜（May Swenson, 1919-1989）的一首詩
　　　〈基本意符〉，急錄來開頭與結尾：
　　　　　一張嘴。能夠吹奏或呼吸，
　　　　　可以是一個漏斗，或一聲你好。
　　　　　一片草葉或一個傷口。
　　　　　……
　　　　　一片草葉或一個傷口
　　　　　伴著一張嘴。
　　　　　張開？張開。閉上？閉上。

話說印度（電影《印度之行》觀後作）

黑夜列車正駛過深藍恒河，響聲如雷
樂隊很瘋，在灰塵裡吹奏，響聲如雷

大象坐人，山羊運貨，兒童亂吼，響聲如雷

在巨型的菩提樹下，有人在方池裡洗手、沐足
有人用紅布遮蓋煮熟的食物，我沒有什麼給你看

就看看我亡妻的照片吧；熱靜下，山靜下，石像
靜下

雨季，出人意表的是老人不是青年，「我用愛來掠
奪你們！」

2013.12.10

聽
話

中國人不鞠躬，作揖，
（席地而坐早已失傳）
握手，是後來的事……

豬該殺，我跨馬，天經地義？
己所不欲勿施於人亦天經地義

聽話、聽話、聽話，孩子
（那證詞是鐵詞，那肉眼是火眼）

說自由在夜色裡，並非說自由在黑暗中
瞧白居易和林語堂，只關心睡覺的藝術

2013.12.11

日記（重讀張棗《四月詩選》）

兩天的魚，三春的鳥，

他在瑞典的南方過一座石橋，

四月，孔子在Karlstad，絕對伏特加！

四月，「美紛紜以從風」，科學家在燈下細究語法。

2013.12.19

注釋：《四月詩選》是張棗1984年4月在重慶北碚周忠
　　　陵處，油印的第一冊詩集的名字。

易
經

一

Sofia有什麼呢，互文性？
有年輕的克里斯蒂娃。

在吾國，石榴總植於前庭
差異來自服裝而不是裸體

二

嘴唇形狀注定了人的善惡
也注定了人的命運

（死得難看違背了她的美學）
任她對即將死去感到羞恥

三

晨思亂如麻呀，可柔條夕勁
正好，我在南京閱讀民國史

1949，可選擇的時間不多了

繼續問：南京政府向何處去？

2013.12.25

注釋一：Sofia是保加利亞首都，而克里斯蒂娃是保加利
　　　　亞人，後去法國留學，留在巴黎。她是羅蘭・巴
　　　　特的學生，關係屬亦師亦友。有關「互文性」，
　　　　克里斯蒂娃有很好的闡釋。
注釋二：有關「嘴唇形狀」，那是我和張棗年輕時愛說
　　　　的玩笑，即我們認為壞人的嘴都長得不好看，
　　　　而且壞運連著壞嘴。
注釋三：「柔條夕勁」可以肯定出自六朝文，是陸機
　　　　〈文賦〉嗎，左思〈雜詩〉「柔條旦夕勁，綠
　　　　葉日夜黃」嗎，張協〈七命〉「柔條夕勁，密
　　　　葉晨稀」嗎，在在皆是也。
注釋四：毛主席的名文〈南京政府向何處去？〉

樹下

翰，鳥飛也，2010

圖賓根，三八，晝與夜
眾生必經之路⋯⋯

萬億年之後，在東方，
他活得比世界還要長

思其人，愛其樹
老師，如果我們還要繼續

1997，我不去歸園去個園

2013.12.26

跋

　　《革命要詩與學問》分為上下部，上部為《在南京》，從標題可見，我對南京的偏愛（須知我曾在那裡生活過四年，1988-1992），但也很可能是我對作為能指南京──發音──的偏愛。下部為《魚飛武庫時》，難道從標題又可見我對南朝的偏愛嗎？！

　　而書名（故意套用了胡蘭成一本書的書名）似乎暗示了或乾脆說指向了一種青春詩歌的新學理，為何說是青春詩歌？那是因為革命總與青春相連。什麼是新學理呢？即便在現代漢語詩歌中加入注釋，這也並不新鮮──卞之琳早就做過了──但作為一種格式，它亦有自己的好看處，尤其在21世紀的今天，我還這樣做，它理應包含了某種詩與學問吧？仍然是通過這個書名（同時特別以上下部的風姿），我最想告訴讀者的是：瞧！這個人，他在這本書中展現和強調了先鋒與古典縱橫交錯的漢語詩學張力。

　　這本書還有兩點是饒有興味的，一是我前前後後寫了十三首關於胡蘭成的詩（另外還有兩首寫胡蘭成的詩已發表於秀威資訊科技股份有限公司早先出版的《史記：晚清至民國》，也同時發表在北方文藝出版社出版的《別裁》裡）；二是寫了一首組詩（共十七首）──《鐵笑──同赫塔·米勒遊羅馬尼亞》（也早已率先發表在潘洗塵主編的《讀詩》上面）。

　　而吾友張棗的身影更是無處不在……在這本書裡以及我的另一本書《一種相遇》裡，我直接寫到他以及暗中寫到他的地

方簡直數不勝數，這雖是情不自禁的產物，可還是令我驚訝：我為什麼沒有辦法控制呢，是感傷嗎？如果是，請原諒。但別怕，我還記得你（張棗）年輕時對我說過的一句龐德名言：「我發誓，一輩子也不寫一句感傷的詩！」

最後，我要藉這短跋，感謝詩人、批評家楊小濱博士對我詩集的熱忱推薦，感謝秀威對出版此書（《革命要詩與學問》）以及我另一本書（《一種相遇》）的快速決定。

2015.3.15

語言文學類　PG1355　中國當代詩典　第二輯02

革命要詩與學問
──柏樺詩選

作　　　者/柏　樺
主　　　編/楊小濱
責任編輯/鄭伊庭、杜國維
圖文排版/連婕妘
封面設計/蔡瑋筠

發 行 人/宋政坤
法律顧問/毛國樑　律師
出版發行/秀威資訊科技股份有限公司
　　　　　114台北市內湖區瑞光路76巷65號1樓
　　　　　電話：+886-2-2796-3638　傳真：+886-2-2796-1377
　　　　　http://www.showwe.com.tw
劃撥帳號/19563868　戶名：秀威資訊科技股份有限公司
　　　　　讀者服務信箱：service@showwe.com.tw
展售門市/國家書店（松江門市）
　　　　　104台北市中山區松江路209號1樓
　　　　　電話：+886-2-2518-0207　傳真：+886-2-2518-0778
網路訂購/秀威網路書店：http://www.bodbooks.com.tw
　　　　　國家網路書店：http://www.govbooks.com.tw

2015年10月　BOD一版
定價：360元
版權所有　翻印必究
本書如有缺頁、破損或裝訂錯誤，請寄回更換

國家圖書館出版品預行編目

革命要詩與學問：柏樺詩選 / 柏樺著. -- 一版.
　-- 臺北市：秀威資訊科技, 2015.10
　　　面；　公分. -- (語言文學類)(中國當代詩典.
第二輯 ; 2)
　BOD版
　ISBN 978-986-326-352-4(平裝)

851.487　　　　　　　　　　104012667

讀 者 回 函 卡

感謝您購買本書,為提升服務品質,請填妥以下資料,將讀者回函卡直接寄回或傳真本公司,收到您的寶貴意見後,我們會收藏記錄及檢討,謝謝!

如您需要了解本公司最新出版書目、購書優惠或企劃活動,歡迎您上網查詢或下載相關資料:http:// www.showwe.com.tw

您購買的書名:_____

出生日期:_____年_____月_____日

學歷:□高中 (含) 以下　　□大專　　□研究所 (含) 以上

職業:□製造業　□金融業　□資訊業　□軍警　□傳播業　□自由業
　　　□服務業　□公務員　□教職　　□學生　□家管　　□其它_____

購書地點:□網路書店　□實體書店　□書展　□郵購　□贈閱　□其他

您從何得知本書的消息?

　□網路書店　□實體書店　□網路搜尋　□電子報　□書訊　□雜誌

　□傳播媒體　□親友推薦　□網站推薦　□部落格　□其他_____

您對本書的評價:(請填代號　1.非常滿意　2.滿意　3.尚可　4.再改進)

　封面設計____　版面編排____　內容____　文╱譯筆____　價格____

讀完書後您覺得:

　□很有收穫　□有收穫　□收穫不多　□沒收穫

對我們的建議:_____

_____

_____

_____

11466
台北市內湖區瑞光路 76 巷 65 號 1 樓
秀威資訊科技股份有限公司　　　　收
BOD 數位出版事業部

....

（請沿線對折寄回，謝謝！）

姓　　名：＿＿＿＿＿＿＿＿＿　年齡：＿＿＿＿　性別：□女　□男

郵遞區號：□□□□□

地　　址：＿＿＿＿＿＿＿＿＿＿＿＿＿＿＿＿＿＿＿＿＿＿＿

聯絡電話：(日) ＿＿＿＿＿＿＿＿＿　(夜) ＿＿＿＿＿＿＿＿＿

E-mail：＿＿＿＿＿＿＿＿＿＿＿＿＿＿＿＿＿＿＿＿＿＿＿